目录

二

我，还有那个老女人：伤心事

爱是地狱冥犬

〔美〕布考斯基　　　　　　　　　　　　　　　　　　著

徐淳刚　　　　　　　　　　　　　　　　　　译

华东师范大学出版社

图书在版编目(CIP)数据

爱是地狱冥犬/(美)布考斯基著;徐淳刚译.
—上海:华东师范大学出版社,2016
(巴别塔诗典)
ISBN 978-7-5675-5752-9

Ⅰ.①爱⋯　Ⅱ.①布⋯　②徐⋯　Ⅲ.①诗集-美国-
现代　Ⅳ.①I712.25

中国版本图书馆 CIP 数据核字(2016)第 234904 号

Charles Bukowski
Love is a Dog from Hell:Poems 1974—1977
Copyright © 1977 by Charles Bukowski. All rights reserved.
Published by arrangement with Harper Collins Publishers.

上海市版权局著作权合同登记 图字:09-2016-490 号

爱是地狱冥犬

著　　　者　[美]查尔斯·布考斯基
译　　　者　徐淳刚
项目编辑　许　静
责任编辑　陈　斌
特约编辑　何家炜
装帧设计　高静芳
出版发行　华东师范大学出版社
社　　　址　上海市中山北路 3663 号　邮编 200062
网　　　址　www.ccnupress.com.cn
电　　　话　021-60821666　行政传真　021-62572105
客服电话　021-62865537
门市(邮购)电话　021-62869887
门市地址　上海市中山北路 3663 号华东师范大学校内先锋路口
网　　　店　http://hdsdcbs.tmall.com
印　刷　者　山东临沂新华印刷物流集团
开　　　本　889×1194　32 开
印　　　张　12.75
插　　　页　5
字　　　数　125 千字
版　　　次　2017 年 1 月第 1 次
印　　　次　2024 年 1 月第 10 次
书　　　号　ISBN 978-7-5675-5752-9/I · 1595
定　　　价　90.00 元

出　版　人　王　焰

(如发现本版图书有印订质量问题,请寄回本社客服中心调换或电话 021-62865537 联系)

三

猩红

四

在你心中以往的流行歌曲

伟大的失败者:查尔斯·布考斯基

徐淳刚

1920 年 8 月 16 日,查尔斯·布考斯基出生于德国西部莱茵兰-普法尔茨州(Rheinland-Pfalz)的小城安德纳赫(Andernach)。他的父亲是美国士兵,母亲是一位带有波兰血统的德国女郎。三岁时,布考斯基随父母从德国迁往美国。小时候,布考斯基的父亲经常失业,打骂他和他的母亲。因为不好的肤色(满脸的粉刺伴随他一生),他受到邻居孩子们的羞辱和疏远。这些都深深影响了他的成长和写作。1939 年,布考斯基就读于洛杉矶城市学院,大学未毕业就因写"下流"的小说被思想正统的父亲赶出家门,母亲则偷偷给他经济上的援助。由于未通过体检,布考斯基躲过了第二次世界大战的兵役。在三十五岁之前,布考斯基已在地下刊物上发表了不少作品,但也收到大量的退稿信。他决定放弃自己的写作,于是就有了他长达十年浪荡全国的糜烂生活,这"醉烂的十年"成为他日后创作最宝贵的泉源。

布考斯基的传奇之一是他做过五花八门各式各样

的工作,诸如:洗碗工、卡车司机和装卸工、邮递员、门卫、加油站服务员、库房跟班、仓库管理员、船务文员、邮局办事员、停车场服务员、红十字会勤务员和电梯操作员;他还在狗饼干厂、屠宰场、蛋糕和曲奇饼工厂工作,并在纽约地铁里张贴过海报;他是《滑稽角色》(*Harlequin*)、《欢笑文学和弓枪的人》(*Laugh Literary and Man the Humping Guns*)的前编辑;《不设防城市》(*Open City*)和《洛杉矶自由报》(*L.A. Free Press*)的专栏作家(写过《一个老淫棍的手记》,*Notes of a Dirty Old Man*)……人生经历的丰富,使得布考斯基的写作始终保持一种野草般疯长的生命力。

由于布考斯基一生大部分时间都在洛杉矶,所以他的作品受洛杉矶的社会环境影响很大,美国社会边缘穷苦白人的生活成为他主要的文学题材。他终生放荡不羁,离不开酒、女人、赛马和古典音乐,大半生穷困潦倒,光在邮局送信打杂就断断续续工作了十年,五十岁时才时来运转。1965 年,办公用品经销商约翰·马丁(John Martin)因酷爱先锋文学而发现了布考斯基,他从加利福尼亚州圣罗莎给布考斯基写信,第二年他们终于首次见面。作为粉丝以及后来的挚友,这一年约翰·马丁因布考斯基而专门成立了黑雀出版社(Black Sparrow Press),并供布考斯基全职写作,从最初的月收入三百美元到布考斯基1994年去世前的七千美元。二十多年间，黑雀出版社源源不断地出版了布考斯基所有的作品，这让布考斯基功成名就，一发而不可收。这是布考斯基人生的第二传奇，从来没有一家出版社因一位地下作家的写作而创立，并且获得了极大的成功。[①]1987年，布考斯基非同寻常的经历也由他自己担任编剧，由好莱坞拍成电影《酒鬼》（*Barfly*），取得了不俗的票房成绩。

布考斯基被称为"洛杉矶的惠特曼"，这当然是说，他的诗和小说有着惠特曼般的粗犷和生命力。但他更关注底层社会，妓女、酒鬼、流浪汉，同样的失败者，他们的龌龊、坦诚、喜怒哀乐、生活的荒谬，以最为酣畅的方式抒写一切，正像威廉·洛根（William Logan）所言，在这里，"生活完全掌握了艺术"。这是一种现代主义的狄奥尼索斯精神，以最为原始的疯狂激情撕碎虚伪的一切。他的作品让底层人大笑，让理性保守者

[①] 1966年黑雀出版社成立，风生水起经营了整整三十六年，2002年走到尽头，约翰·马丁将黑雀以一美元卖给了出版商大卫·戈丁（David R. Godine），黑雀出版社更名为黑雀图书（Black Sparrow Books），独家经销原黑雀出版社作品。查尔斯·布考斯基和约翰·芬迪、保罗·鲍尔斯的作品版权则卖给了具有近两百年历史、全球最大出版商之一的哈珀·柯林斯出版集团旗下的世界著名文学出版社——Ecco出版社。2003年黑雀出版社关闭，由黑雀出版社出版的布考斯基所有作品的样书被西密歇根大学收藏陈列。

恐慌、颤栗。布考斯基在他的诗歌和小说中喜欢称自己为"柴纳斯基"（Chinaski），这似乎和他的中国情结有关。他在访谈中称莎士比亚是狗屎，却非常欣赏同样嗜酒的李白。李白的名言是"天生我材必有用"，而布考斯基却通过他大半生的失败告诉我们"天生我材必无用"，他在无用中挥霍着自我，体验着生存，嘲笑正统秩序的生活，这是他最为夺目的文学主题。

布考斯基不是那种靠知识写作的诗人和作家，完全不是。虽然他坦言，自己受到不少作家的影响，例如：契诃夫、詹姆斯·瑟伯、卡夫卡、克努特·汉姆生、海明威、约翰·芬提、路易-费迪南·塞利纳、罗宾逊·杰弗斯、陀思妥耶夫斯基、D.H.劳伦斯、安东南·阿尔托、卡明斯……通过阅读《爱是地狱冥犬》这本诗集，你还会发现他受到古罗马诗歌大师卡图卢斯（Catullus）的影响。卡图卢斯的诗日常、强硬、色情，"直接处理事物"而又含混，在一种史诗环境中固执地抒写着自我，卡图卢斯不但影响了维吉尔、贺拉斯、斯宾塞、莎士比亚，也启发了二十世纪西方现代诗，深刻启发了庞德的意象主义，弗罗斯特"意义之音"的诗学（口语，混沌，戏谑，弦外之音），但就色情、日常、强硬来说，布考斯基仿佛是现代版的卡图卢斯。从布考斯基的诗中我们可以看到，他在直白中复杂，在确定中不定，在粗鄙中见真情，在底层的灰暗中见出生存的勇气和真理。

　　作为一位异常多产的作家，布考斯基一生写了数千首诗，数十年间出版了四十多部诗集，数百篇短篇故事，六部小说，总计出版了一百一十部著作。他的诗歌几乎全用底层语言写成，富有生活的粗粝感和真实感，比"垮掉的一代"有过之而无不及。"数百年来的诗歌都是虚假的，势利的，近亲交配的。太繁琐。太矫揉造作……""我一直试图写的，恕我直言，是工厂工人生活的方方面面，比如当他下班回家，面对尖叫的妻子。普通人生存的基本现实……数百年来的诗歌几乎从不提这些。正是这一点让我失望。"《洛杉矶时报》称："华兹华斯、惠特曼、威廉斯和垮掉的一代，在值得尊敬的他们那几代人中把诗歌推向更自然的语言。布考斯基又推进了一些。"《时代》杂志曾将布考斯基称为"美国底层人民的桂冠诗人"。

　　布考斯基的人生是一首诗，他的生存态度是最引人瞩目的诗。"我始终一手拿着酒瓶，一面注视着人生的曲折、打击与黑暗……对我而言，生存，就是一无所有地活着。"这种"一无所有"，正是他诗歌和小说的最彻底之处，他生活的最大魅力。布考斯基几乎不在乎一切：性，亲情，工作，写作，爱，责任，他用醉醺醺、公牛般的打字机疯狂敲击出一幅幅赤裸、绝望的生存图景，以最大的勇气颠覆了这个越来越平庸、理想世俗化的世界。

可以说，布考斯基代表着一种绝对的自暴自弃、自甘堕落，现代社会人人都想混出个样子来，布考斯基这个"伟大的失败者"却"不需要锁不需要薪水不需要理想不需要财产不需要甲虫般的意见"（without locks and paychecks and ideals and possessions and beetle-like opinions），以他放浪形骸的生活残酷地撕碎现代人体面的外衣，用史蒂文斯《秋天的极光》中的一行诗来说就是，"毫不留情地占据着幸福"（Relentlessly in possession of happiness）。长期以来，文明社会始终一味地将人导向体面导向财富，大多数人成了马尔库塞批判的"单面人"，只有伪善的肯定而无批判的否定，而布考斯基正是像马尔库塞激励过的流浪汉、大老粗、异类分子那样，以一种强硬的、极端个人化的语言炮弹轰炸着这个假惺惺的文明社会以及虚假写作。

也许就文本的精致深刻而言，布考斯基的诗歌难以和庞德、艾略特、威廉斯等二十世纪西方现代诗歌大师相比。但这是学院派的结论。这一点并不重要。正像诗人于坚在读过拙译布考斯基之后所写的一首长诗中说，布考斯基有着"惊人的纯洁"，"他不忌讳肤浅"，是"最无聊地深刻着"。布考斯基以他的浅白狂放践踏了大多数生活与写作的虚伪，他的坦诚他的戏谑他的清醒，他的"堕落文学"与"堕落生活"的知行合一是现代文学最不可思议的践行。布考斯基被誉为"美国最伟大的写实作家"。但是他的成就不是单纯的诗歌成就或小说成就，而是作为一个人的总体成就；他的诗意人生，远比其他任何文学大师都精彩，"天生的胆量打败天生的才华"（natural guts defeating natural talent）。他的人生经历与文学传奇，召唤着所有的失败者和成功者去思考，去平静，去疯狂，去过一种你真正想过的生活。

在美国，布考斯基早已是非学院派的伟大经典了。他的作品更以十多种语言在世界各地出版，尤其在欧洲广为流传。就中国而言，台湾地区已出了他的几部作品集，大陆也正式出版了他的两部小说集，而地下的翻译、出版也有很多。很幸运，这部《爱是地狱冥犬》（Love is a Dog From Hell）是第一本公开出版发行的布考斯基简体中文版诗集，可以让更多喜欢布考斯基的人读到。这部诗集首版于1977年，内容都是布考斯基的私生活，抒写了布考斯基坦荡不羁的爱，他的女人，他的绝望，他的伤痛，他的勇气……时隔近四十年，这部诗集终于有了中文版，这首先要感谢华东师范大学出版社,感谢何家炜兄为这本诗集的编辑出版所做的大量工作。感谢诗人、出版人方闲海,他几年前就鼓励和支持我翻译布考斯基,让我为这本诗集的翻译出版积累了很多经验。感谢大家,对我翻译工作的信任与期待。让我们通过诗歌,继续思考展现在我们面前的生活。

献给卡尔·魏斯纳^①

---

① 卡尔·魏斯纳(Carl Weissner，1940—2012)，德国作家、翻译家，布考斯基的译者和朋友。

一

又一只动物
被爱冲昏了头脑

桑德拉

苗条高挑

戴着耳环

卧室里的女子

穿着一件

长睡衣

她总穿

高跟鞋

烈酒

药丸

一吞而尽

桑德拉从椅子上

探出身

侧向

格兰岱尔①

我等着她的头

碰到壁橱的

门把手

当她试着

用一根

几乎燃尽的烟

点燃

另一根

三十二岁，她喜欢

年轻整洁

未被刮过的小伙儿

脸像崭新的

碟子

很多次她向我

宣布

她已刮出了奖品

————————

① 格兰岱尔(Glendale)：美国亚利桑那州中部城市。

她给我看：
沉默、白皙的
嫩肉
他
a）坐
b）站
c）说话
按她的嘱咐

有时她带来一个
有时两个
有时三个
给我
看

桑德拉穿着长睡衣
非常好看
桑德拉会让一个男人
心碎

我希望她找到
一位。

六英尺的女神

我高大

我想这就是为什么我的女人

显得瘦小

但这个六英尺的女神

做着房地产

和艺术生意

从得克萨斯州飞来

看我

而我也飞往得克萨斯州

看她——

嗯，她有很多东西

可供人攫取

而我抓住了她那些

东西，

我拽住她的头发往后扯，

我是真正的大男子主义，

我吮吸着她的唇

她的灵魂

我骑上她告诉她，

"我快要将白又热的

液汁射入你啦。我不曾一路

飞往加尔维斯顿玩

国际象棋。"

后来，我们像人类的藤蔓一样躺下

我的左胳膊垫着她

我的右胳膊搂着她

我紧紧抓住她的双手，

而我的胸膛

肚子

和她纠缠

缠绕在一起

黑暗中

射进的光线

来来

回回

直到我迷糊

我们睡去。

她狂野

但友善

我六英尺的女神

让我发笑

残损而笑的人

依然需要

爱，

而她幸福的眼睛

深陷在她头上

像山泉

遥远

清冽

美好。

又

她就此

将我拯救，超脱

凡俗。

我见过太多目光呆滞的流浪汉坐在桥下喝着
　廉价葡萄酒

你和我，坐在
沙发上
今晚
一个新的女人。

你看过
动物相残的
纪录片吗？

它们表演着死亡。

而现在我不知道
我们中的哪只动物
将吃掉
另一只，首先

是身体
最后是
精神？

我们吃光动物
然后我们中的一个
吃光另一个，
我的爱人。

与此同时
我希望你首先采取
第一种方式

既然过去的表现
意味着什么
我一定首先采取
后一种
方式。

性感欲女

"你知道,"她说,"你在
吧台喝酒,当然看不见
而我和这个家伙跳舞。
我们跳啊跳,越跳越
近。
但是,我没跟他回家
因为他清楚,我是你的
人。"

"多谢,"我
说。

她总是意乱情迷。
随时随地
就像纸袋里的一样
东西。

欲火旺盛。

永远不会忘记。

在清晨的咖啡馆

她盯着每一个可能到手的男人

超过熏肉和鸡蛋

或者晚点儿

超过午餐三明治或

晚餐牛排。

"我以玛丽莲·梦露为

榜样,"她告诉

我。

"她总是跑到

当地的迪厅,和一只

狒狒跳舞,"一次,一个朋友

告诉我,"我很惊讶,你能

容忍这么长时间。"

在赛马场,她不见了

后来,她回来说

"有三个男人主动给我买

一杯饮料。"

或者，我常常在停车场丢了
她，我四处张望，她正
和一个陌生男人走在一起。
"哦，他从这方向过来
我从那方向过来，我们
几乎走到了一起。我
不想伤他的
感情。"

她说，我是一个非常
爱吃醋的人。

有一天，她简直就像
跌进
她的洞，消失得
无踪无影。

仿佛一只闹钟
落入
大峡谷。

它跌跌撞撞
不断鸣响
但我不会再看
不会再听。

现在，我感觉
好多了。
我已开始跳踢踏舞
头上的黑毡帽
拉得很低
遮住了我的右
眼。

美妙的音乐

它敲打着爱情，因为不见一丝

伤口：在清晨

她打开收音机，播着勃拉姆斯，或艾夫斯

或斯特拉文斯基，或莫扎特。她煮

鸡蛋，大声地读秒：56，

57，58……她剥了鸡蛋，把它们

拿给床上的我。早餐后，还是

那把椅子，听着古典

音乐。她在喝她的第一杯

苏格兰威士忌，抽第三支烟。我对她

说，我得去赛马场了。她已

在这儿住了两天两夜。"什么时候

我能再见到你？"我问。她

暗示我，她可能会回来。我

点点头，莫扎特弹奏着。

你的屁股麻木了你的大脑麻木了你的心麻木了

我在一件很倒霉的风流事上栽了。

坦率说吧，我摔进了一个坑

真的感觉糟糕透顶

当我在一张珠光宝气盖顶的大床上

碰巧遇见这位贵妇

外加

葡萄酒，香槟，香烟，避孕药丸和

彩电。

我们待在床上

喝着葡萄酒、香槟，抽烟，取出成打的

避孕药丸

那会儿我（感觉糟糕透顶）

试着克服这差劲的

风流事。

我看着电视想恢复感觉，

但真起作用的

这事儿非常长

(特别要写写电视)一部关于

间谍的剧——

美国间谍和俄罗斯间谍

他们都很聪明，都很

酷——

甚至他们的孩子不知道

他们的老婆不知道

某种程度上

就连他们自己都不知道——

而我发现了反间谍，双重间谍：

那些两边都工作的家伙

然后，一个双重间谍变成了

三重间谍，事情

变得出人意外地混乱——

我甚至不去想写这部剧的家伙

知道发生了什么——

几个小时过去了！

水上飞机撞上了冰山，

威斯康星州麦迪逊市的一个牧师杀了他哥哥，

一大块冰装在棺材里运往秘鲁

代替世界上最大的钻石

金发碧眼的女郎在那些房间进进出出吃着

奶油松饼和核桃；

三重间谍变成了

四重间谍，而且所有的人

你爱我我爱你

剧情继续发展

几个小时过去了

最后一切都人间蒸发，像垃圾袋里的

一枚回形针，而我

达到了目的，拂开布景

在一周半的时间里第一次可以

好好睡一觉。

我

女人不懂得如何去爱，
她对我说。
而你懂得如何去爱
女人只是想
依赖。
我知道这，因为我是
女人。

哈哈哈，我笑了。

所以不必在意你和苏珊
分手
因为她会像水蛭一样立马吸住
别的男人。

我们聊了会儿

然后我说再见

挂断

走进茅厕

舒舒服服边喝啤酒边大便

心想着，嗯，

我还活着

而且有能力将废物

排出体外。

诗歌也一样。

只要生活依然继续

我就有能力对付

背叛

孤独

手指上的倒刺

性病

以及财政部门的

经济报告。

然后

我站起身

擦拭

冲水

想着
这倒不假：
我真懂得如何去
爱。

提起裤子，我走进
另一个房间。

另一张床

另一张床
另一个女人

更多的窗帘
另一个浴室
另一个厨房

其他的眼睛
其他的头发
其他的
脚和脚趾头。

每个人的目光。
永恒的寻找。

你还在床上

她上班化妆。
你不知道上一个人
发生了什么
以及在此之前的那个……
一切多么融洽——
这种亲热
这种同床共枕
温柔的善意……

她离开，你起床用她的
浴室
一切如此亲近而又陌生。
你回到床上
又睡了一个小时。

当你离开，满怀悲伤
但你会再次见到她
无论工作还是闲着。

你驱车来到海滨，坐在
你的车里。这时已近中午。

——另一张床，其他的耳朵，其他的
耳环，其他的嘴，其他的拖鞋，其他的
礼服
颜色，门，电话号码。

你曾那么坚强地打光棍。
对于一个快六十岁的男人，你会更加
明智。

你启动车，换挡
想着：回去我会给珍妮打电话
星期五到现在，我没见过她。

陷入困境

不要剥光我的爱

你会发现是个模特；

不要剥光我的模特

你会发现

是我的爱。

很久以前，她

忘了我。

她试着戴一顶

新帽子

看起来

比以往

更风情。

她是一个

孩子
一个模特
她
死了。

我不恨
她。

她并没做
什么
不寻常的事。

我就想要
她这样。

今 晚

"五十年后，当女孩们谢世
你那些写女孩的诗依然存在"
我的编辑打来电话说。

尊敬的编辑：
女孩们似乎已经
谢世。

我知道你的意思

但是今晚，请给我一个真正
活着的女人
从地板上向我走来

而你可以拿走所有的诗

好的

坏的

或者这首之后，我可能写的

任何一首。

我知道你的意思。

你知道我的意思吗？

逃

逃离"黑寡妇"

这真像伟大的艺术奇迹。

她会织出怎样的网啊

慢慢地拖走你

她将拥抱着你

然后,当她满足

她会杀了你

同样在她怀里

而且吸你的血。

我逃离了我的"黑寡妇"

因为她有太多的雄性动物

在她网中

当她正在拥抱一个

然后另一个,又

一个

我就有了自由

溜走

去我从前去的地方。

她会想起我——

不是我的爱

仅仅是我的血的味道，

但她够好，她会发现别人的

血；

她这么好，我几乎错过我的死亡

但不全是；

我逃过一劫。我查看着另一张

网。

钻 头

我们的结婚证，那上面
写着。
我翻了翻。
他们生活了十年。
他们曾经年轻。
现在，我睡在她的床上。
他打电话给她说：
"我想拿回我的钻头。
你准备好。
十点我过来接
孩子。"
他开车到了，在门外
等着。
孩子们和他
走了。
她回到床上

我伸出一条腿

冲着她。

我也年轻过。

人和人的关系根本

靠不住。

我回想起我生命中的

女人。

她们似乎不存在。

"他拿走他的钻头了吗?"我问。

"嗯,他拿走了。"

我不知道我是否会因

我的百慕达

短裤和田野里的

圣马丁乐团的唱片

而回来? 我想我

会。

得州人

她来自得克萨斯州，体重
一百零三磅
站在镜子前
梳理着她红色头发上的
大海
它们全部跌落下来
一直打到她的屁股。
头发真神奇，射出
火花，当我躺在床上
看着她梳她的
头发。她就像从
电影里出来的，但事实上
在这儿。我们做爱
一天至少一次
她可以为我制造笑料
任何时间都

可以。得克萨斯州的女人始终
健康，更何况她
清理我的冰箱，我的水槽
浴室，她做饭
喂给我健康的食物
而且洗干净了
碗。

"汉克，"她对我说，
举起一罐柚子
果汁，"这是所有果汁里
最好的。"
那上面写着:得克萨斯州，不加糖
粉红西柚汁。

她看起来像凯瑟琳·赫本
高中时看起来
就像，而我盯着这
一百零三磅

这边涌起一个桅杆，红头发起了
变化

镜子前

我感觉她在我

手腕里，我的眼睛深处，

还有我的脚趾、腿和腹部

也感觉到她

其他的部分，

整个洛杉矶跌落

流出喜悦的泪，

爱的客厅墙壁摇晃——

大海冲了进来，她转过身

对我说，"该死的头发!"

而我说，

"对。"

蜘　蛛

有段时间

在新奥尔良

我和一个胖女人住一起

玛丽，在法国区

而我病得很重。

那时她已去上班

我在厨房

跪倒

祈祷着，在那个

下午。我不是一个

信教的人

但那是个乌云密布的下午

我祈祷：

"亲爱的上帝，如果你还让我活，

我答应你，我再也

不喝酒了。"

我跪在那儿，真像是

电影里的——

当我祈祷完了

云散日出，阳光

透过窗帘

照在我身上。

然后我站起来去拉屎。

玛丽的厕所里有只大蜘蛛

但无论如何我得拉屎。

一个小时后，我感觉

好多了。我走出去在法国区转悠

冲着人们微笑。

我停在一家杂货店门前，给玛丽买了两扎

六罐装的啤酒。

我感觉太好了，一个小时后

我坐进厨房打开

一罐啤酒。

我喝起来，然后又喝了一罐

然后我走进去

杀了那只蜘蛛。

当玛丽下班回家

我给了她一个热吻，

之后坐在厨房里和她聊天
当她开始做晚饭。
她问我一天有什么事情
我告诉她，我杀了那只
蜘蛛。她没有
生气。她是个
好人。

几乎是一首成形的诗

我看见你用小小的蓝色手掌

捧饮喷泉水，不，你的手不小

它们纤细，喷泉是在法国

在那里，你最后一次给我写信

我回信，就再也没有你的消息。

你总是写关于"天使和上帝"的

疯狂的诗，全部用大写，而你

认识的著名艺术家和最著名的艺术家们

是你的情人。我回信说，很好，

继续，进入他们的生活，我不嫉妒

因为我们从未见过。我们曾在新奥尔良

住得很近，半个街区远，但从未接触，从未

谋面。所以你和你那些名人走了

并且写到他们，而且，当然，你发现

那些名人担心

他们的名声——不是担心和他们上床的

年轻漂亮的姑娘，你给了他们那个，然后在清晨

被叫醒，写关于"天使和上帝"的

大写的诗。我们知道"上帝"死了，他们告诉

我们，但是听你这么说我不敢相信。或许

真是大写。你是最棒的

女诗人之一，我告诉那些出版商和

编辑，"出她，出她的东西，她疯狂但

富有魔力。她的激情中没有谎言。"我爱你

就像一个男人爱一个他从未碰过的女人，只是

写信，保存着一张小照片。如果我

坐在一个小房间里，捻着一支烟，听见

你在厕所小便，我会更爱你，

但这没有发生。你的信让人更伤心。

你的情人背叛了你。小乖乖，我回信说，所有的情人

都会背叛你。没用的。你说

你有一条哭泣的长椅，它在一座桥上

而桥在一条河上，每晚你都坐在

哭泣的长椅上，为伤害你、遗忘你的情人

而流泪。我给你回信，但再也

没有消息。一位朋友写信提到你的自杀

那时三四个月已经过去。如果我见过你

我可能辜负你，或者你辜负

我。这样最好。

蓝奶酪和红辣椒

这些女人都应该来

看我。

但她们从不

过来。

一个肚子上有条

长伤疤。

另一个写诗

在凌晨三点打电话，说

"我爱你。"

还有一个和蟒蛇

跳舞

每四周给我

写信，说

她会来。

第四个声称她睡觉时

总把

我的新书
压在
枕下。

我在炎热的天气手淫
听着勃拉姆斯，吃着
蓝奶酪，就着
红辣椒。

这些都是女人的好头脑
好身体，床上床下都优秀，
当然，也危险
致命——
但为什么她们都得北上
生活？

我知道有一天她们会
回来，同一天
只有两三个过来
我们坐着聊天
然后她们一起
离开。

其他人会得到她们

而我将穿着宽松的短裤

散步

抽太多的烟

试着从

根本不存在的

该死的推进中

写出剧本。

得州麦卡伦

她住在加尔维斯顿，又搬到了

麦卡伦。

我飞过去看她，我们不停地

做爱，即使天气非常

炎热

我们带了麦斯卡灵①

乘船到冰岛

驱车两百英里到了最近的

赛马场。

我们都赢钱了，坐在一个乡下酒吧——

当地人不喜欢也不信任——

然后我们去一个乡下汽车旅馆

一两天后回来了

我又待了一个星期

---

① 麦斯卡灵（mescalin）：一种致幻剂。

为她画了几张好画——

一张上一个男人被绞死了

另一张上一个女人被一只狼操。

一天晚上我醒来，她不在床上

我起来找来找去，喊着，

"格莉娅，格莉娅，你在哪儿?"

这是一个很大的地方，我转悠着

打开一道又一道门，

然后我打开了一个像衣柜门一样的东西

只见她跪在七八个男人的相片

中间——

有的剃了光头

大多数戴着无框眼镜。

一支小蜡烛燃烧着

我连忙说，"哦，对不起。"

格莉娅穿着背上绣着飞鹰的

和服。

我关上门，回到床上。

十五分钟后她出来了。

我们开始亲吻，

她的大舌头在我嘴里滑进

滑出。

她是一个高大健康的得州女孩。

"听着，格莉娅，"我最后应付地说，

"我需要歇一晚上。"

第二天，她开车送我到机场。

我答应给她写信。她答应给我写信。

谁都没写。

一百零三度①

前一天晚上，她剪我的脚趾甲，

早上她说，"我想我会

在这儿躺一天。"

这意思是她不打算去上班。

她在我的公寓里——这意味着又要住

一整天，一整晚。

她是个好人

但她刚刚告诉我她想要

一个孩子，想结婚

那时室外气温一百零三度。

当我想到又要一个孩子

又是一次婚姻

我感觉糟透了。

我已认命，想在一个小房间里

---

① 华氏一百零三度，即四十三摄氏度。

孤独终老——

现在她正试着重绘我的人生蓝图。

除了她总是抨击我的车门声太响

吃东西时桌子上头和她挨得太近。

这天我们去邮局，又去一家

百货商店，然后去买三明治吃午饭。

我感觉就像结婚了。开车回来差点

撞了一辆凯迪拉克。

"让我们一醉方休，"我说。

"不，不，"她说，"还为时过早。"

然后她砰地关上了车门。

室外气温依然一百零三度。

当我打开我的信箱，我发现汽车保险

公司要我交七十六美元。

突然，她跑进房间大喊，"哎，

看我的斑点！全变红了！这可怎么办！"

"洗个澡，"我告诉她。

我拨通了保险公司的长途

查询是怎么回事。

她开始在浴缸里尖叫，呻吟

我听不见电话，我说，"请

稍等！"

我捂住电话冲着浴缸里的她

尖叫：

"哎！我在打长途！小声点！求

你了！"

保险公司的人依然认为我欠他们

七十六美元，说会寄信给我说明。

我挂断电话，扯开身子在床上躺下。

我已经结婚了，我感觉已经结婚了。

她从浴室出来说，"我能在你旁边

扯开躺下吗？"

我说，"行啊。"

十分钟过去，她的肤色变正常了。

因为她吃了一颗烟酸药片。

她想起每次都这样。

我们扯着身子躺在那儿出汗：

神经紧张。没有人灵魂强大到足以不神经紧张。

但我不会对她说这个。

她想要孩子。

他娘的。

太平洋电话

你去找那些贱人，她说，
你去找那些婊子，
我让你烦了。

我再也不狗屎了，
我说，
放心。

我喝酒，她说，这会伤了
我的膀胱，火烧一样。

我去喝酒，我说。

你在等电话，
她说，
你一直看着电话。

如果那些贱人有一个给你打电话，你会
立马离开。

我没什么好说，我说。

这时——还真是——电话响了。

我是玛琪，那边说。我
马上过来看你。

哦，我说。

我打车钱不够，她继续说，我要
十元钱——快点。

我这就过来，说完
挂了。

她看着我。还真是个贱人，
她说，你的脸全亮了。

你到底

怎么啦？

听着，我说，我得出去。
你待在这儿。过会儿我就回来。

我要走了，她说。我爱你但你
是个疯子，你死定了。

她抓过钱包，砰地一声带上门。

这可能是童年根深蒂固的一团糟
让我如此脆弱，我想。

我离开住处，钻进我的大众车。
驱车向北，听着收音机里的西部小说。
街道两边，妓女们
晃来晃去，玛琪可能
比她们谁都凶。

转 变

她把车开进停车场时
我正靠在我的汽车挡泥板上。
她喝醉了，眼泪汪汪：
"你个王八蛋，你让我给你
打电话，你让我离镇上更近些，
然后你又说让我走。"

这真是富有戏剧性，我喜欢。
"对，好吧，你想怎样？"

"我想和你谈谈，我想去你的
住处和你谈谈……"

"我现在有人了。她进商店去买
三明治。"

"我想和你谈谈……就一会儿

去拿我的东西。或许更长时间。"

"好吧。那等她出来。我们不能
不近人情。三个人可以喝一杯。"

"妈的,"她说,"哦他妈的!"

她一头扎进汽车,开走了。

另一个女人出来了:"那谁啊?"

"过去的女朋友。"

现在她也走了,我坐在这儿喝醉了
似乎也眼泪汪汪。

真安静,我感觉就像我用一支矛
戳进了自己的心脏。

我走进卫生间,吐了。

哦宽容,我想,人就不能懂得点
宽容?

写给老帮子的一首诗①

我记得一个女人

她不停地买拼图

中国

拼图

积木

一片

一片，最终

拼好。

她精确地

拼出

拼好她所有的

拼图

① 弗朗西丝·史密斯（Frances Smith, 1922—2009），美国诗人，布考斯基的女友。她仅小布考斯基两岁，与人离婚后和布考斯基未婚同居，被布考斯基称为"老帮子"（old snaggle-tooth）。1964 年，他们的女儿玛丽娜·路易斯·布考斯基（Marina Louise Bukowski）出生。这是弗朗西丝的第五个孩子，也是布考斯基唯一的孩子。

她住在海边

给蚂蚁放糖

相信

最终

会是一个美好的世界。

头发白了

很少梳理

牙齿不齐

穿着不像样的

工作服

大多数女人也想有。

很多年前，她激怒过我

因为她的

怪癖——

比如，她把蛋壳泡在水中

喂养植物，以为

它们会吸收到钙。

可后来，当我想起她的

生活

和其他人的生活相比

更夺目，更新颖

更美丽

我认识到，她受到的伤害更少

我知道很多人
受到伤害，我仅仅是说伤害。
她有过糟糕的日子
那时也许我可以
好好帮她
因为她是我唯一的孩子的
母亲
而且我们是亲密的恋人
但就像我说的
她熬过来了
我知道，她伤害别人
比任何人都少
如果你看到真是这样
那么
她就创造了一个更美好的世界。
她赢了。

弗朗西丝，这首诗
献给你。

亲密交流

马儿奔跑
千里之外
她和一个傻子
大笑

巴赫和氢弹
千里之外
她和一个傻子
大笑

银行系统
保险杠千斤顶
威尼斯的贡朵拉
千里之外
她和一个傻子
大笑

你从前从未
注意过楼梯
（分手时看着你
一步一步）
而在外面
报童仿佛
不朽的人物
当汽车在阳光下
像一个敌人
经过
你不知道
为什么疯狂
如此之难——
如果你还没有
疯狂。

直到现在
你从未注意过
看起来像楼梯的
楼梯
看起来像门把手的
门把手

像这些声音的
声音

当蜘蛛出洞
盯着你
终于
你不再讨厌它
终于
千里之外
她和一个傻子
大笑

芝加哥

"我做到了，"她说，"我
挺过来了。"她穿着新的靴子，裤子
一件白色毛衣。"我知道我
想要什么。"她从芝加哥来
已在洛杉矶的费尔法克斯区定居。

"你答应过为我开香槟，"
她说。
"给你打电话时我喝醉了。来杯啤酒
怎样？"
"不，把你的大麻烟卷递给我。"
她吸了口，吐出来：
"这不是什么好东西。"
她又递给我。

"这有区别，"我说，"是

硬撑，还是变得坚强。"

"你喜欢我的靴子吗?"
"对，非常漂亮。"
"听着，我得走了。你的浴室
我用一下好吗?"
"当然。"

等她出来，只见她画了
一张大大的红嘴。打小时候起
我从未见过这样的。
在门口我吻了她
感觉口红沾在
我嘴上。

"再见，"她说。
"再见，"我说。

她走向她的车。
我关上门。

她知道她想要什么，但不是

我。

比起别的方式，我知道女人们

更喜欢这样。

穿格子连衣裙的安静纯洁的女孩

我所认识的都是妓女，前妓女，
疯女人。我看见男人们带着安静的女孩，
小鸟依人——我看见他们在超市，
我看见他们走在大街上，
我看见他们在自己的公寓：相安
无事，一起生活。我知道，他们的
安宁是表面的，安宁往往
只是几天几小时。

我所认识的都是吃药的怪胎，酒鬼，
妓女，前妓女，疯女人。

当一个离开
另一个会来
比前任更差劲。

我看见这么多男人，他们带着穿着格子连衣裙的
安静、纯洁的女孩
女孩们的脸不像狼獾
没那么掠夺成性。

"千万别把妓女带来，"我对几个
朋友说，"我会爱上她的。"

"你和一个好女人长不了，布考斯基。"

我需要一个好女人。我需要一个好女人
比我需要这台打字机还要紧，比我
需要汽车还要紧，比我需要
莫扎特还要紧，我太需要一个好女人了：
我可以闻她的香味，我可以用指尖感觉
她的身体，我可以看她走路时
脚下的人行道，
我可以看她枕着的枕头，
我可以感觉到我要笑出的笑声，

我可以看她抚摸着猫，
我可以看她睡觉，

我可以看地板上她的拖鞋。

我知道她存在
但这个世界上她在哪里
既然妓女们一直在找我？

我们将领略岛屿和大海

我知道，在某个夜晚

某个房间

很快

我的手指将

分开

穿过

干净柔软的

头发

听着歌曲，仿佛

没有收音机

所有的悲喜

流溢。

二

我，还有
那个老女人：
伤心事

这位诗人 ①

这位诗人

已经喝了

两三天

他走出来

站在舞台上

看着

观众

只记得

他来

要干这个。

舞台上

有架

大钢琴

---

① 这首诗，布考斯基几乎拆解了每一行诗末尾的单词，如前五行："this poet he' / d been drink / ing 2 or 3 da / ys and he w a / lked out..."仿佛是喝得酩酊大醉写成的。

他走过去
掀起琴盖
吐进
钢琴里。
然后他
盖上盖
开始
朗诵。

他们只好
拆开
钢琴
洗净
琴键
重新
装好。

我知道
为什么他们
再不
邀请他
只是

传话给
别的大学
说他是个
喜欢吐在
钢琴里的
不老实的
诗人。

他们从不
关心
他朗诵的
水平。
我认识这位
诗人
他只喜欢
剩下的人：
为了钱
吐在哪里
都行。

冬 天

大马虎开车撞伤了
一只狗，碰在
路边石头上
发出巨大的
声响
你的身体蜷缩
鲜血从屁股和嘴
喷出。

我盯着它
继续开车
它会怎样
看见我，抱起
阿卡迪亚路边石头上
一只垂死的狗
让血渗进我的

衬衣、裤子、

短裤、袜子和

鞋子？看起来

它已叫不出声。

再说，我还想着

第一场比赛中的二号马

我想在第二场比赛中

赌它和

九号马。

我计算着日子

要付一百四十美元左右

所以我只好让那只狗

孤零零地死在那儿

我只是和

寻找着便宜货的贵妇人

从购物中心出来

穿过

当第一片雪

在马德雷山

落下。

这就是他们想要的

巴列霍描写

快要饿死的

孤独；

梵高因妓女拒绝

割掉耳朵；

兰波跑到非洲

寻找黄金，找到的却是

不可治愈的梅毒；

贝多芬聋了；

庞德在监狱里

被沿路拖过；

查特顿吞下鼠药；

海明威的脑浆溅进

橙汁；

帕斯卡在浴缸里

割腕；

阿尔托和疯子关在一起；

陀思妥耶夫斯基背靠墙壁站起；

克兰跳进轮船螺旋桨；

洛尔迦被西班牙士兵

在路上开枪打死；

贝里曼跳下大桥；

巴勒斯枪杀他妻子；

梅勒则是捅死。

——这就是他们想要的：

一位神灵他妈的

在地狱中央竖起一块

发亮的广告牌。

这就是他们想要的，

一群

迟钝

结巴

平庸

乏味的

崇拜者的

嘉年华。

导 师

大黑胡子
告诉我
我不会觉得
恐怖

我看着他
肠道慌张，像消化
碎石

我看见他的眼睛
向上看着

他强壮

脏指甲

墙上挂着：

刀鞘。

他知道一切：

书籍
几率
最好的路
家

我喜欢他
但我想他在
说谎

（我不确定
他是否说谎）

他的妻子，坐在
黑暗的
角落

当我第一次见
她，她是我
见过的

最漂亮的
女人

现在，她已和他
有了
夫妻相

也许，不是他的
过失：

也许事情
对于我们
都这样

但当我离开
他们家
我觉得恐怖

月亮看起来
病快快

我的手
在方向盘上

打滑

我把车
开出来
向着山下
冲去

撞上了一辆
蓝绿色的
停着的车
差点撞碎

永远唾弃我吧
贝雅特丽丝①

摇摆不定的诗人，哈
哈哈

小狗的
恐怖。

---

① 但丁九岁时，对少女贝雅特丽丝一见倾心，后来贝雅特丽丝嫁人，不久
 早逝。为纪念她，但丁创作了诗集《新生》，在《神曲》中也是由爱的使者
 贝雅特丽丝引导他游天国。

教授们

和教授们坐在一起

谈着艾伦·泰特

或约翰·克罗·兰塞姆

地毯整洁

咖啡桌闪亮

大家谈着

预算和工程

进度

这儿有一个

壁炉。

厨房地板

打过蜡

我刚吃过

晚饭

喝酒直到

凌晨三点

昨晚已经
朗诵过

现在，我又要去
附近一所大学朗诵。
这是一月
我在阿肯色州
有人甚至提到
福克纳
我走进卫生间
吃的晚饭
全吐了
出来就见
他们都穿着
外套或大衣
在厨房里
等着。
我要朗诵
十五分钟。

这儿会来
一大帮人
他们告诉我。

给艾尔——

不要担心被拒绝，伙计，
我以前也是被
拒绝。

有时候，你犯了个错误，拿去了
很坏的诗
我经常也犯这错，写
烂诗。

但我喜欢每场比赛中的一匹赛马
即使那人
举起马情晨报

标明这马一赔三十。

更多的时候，我思考的是
死亡

衰老

拐杖

扶手椅

用墨水淋漓的钢笔写下
紫色的诗

当那些
嘴巴像梭鱼
身体像柠檬树
像云
像闪电般的少女
不再敲我的门。

不要担心被拒绝，伙计。

今晚，我已抽了二十五根烟
多少啤酒你知道。

电话只响了一次：
有人拨错了。

如何成为伟大的作家

你必须操很多很多的女人
漂亮的女人
写些像样的情诗。

不要担心年龄。
或者刚刚到来的才能。

喝更多的酒
更多更多的酒

一周至少参加一次
赛马

并且取胜
如果可能。

学会取胜很困难——
任何一个懒虫都会成为好输家。

不要忘记你的勃拉姆斯
巴赫，还有你的
酒。

不要过度运动。

一直睡到大中午。

避免使用信用卡

或按时支付
任何东西。

要记住在这个世界上
没有一瓣屁股超过五十美元
（一九七七年的价码）。

如果你有能耐去爱
首先爱自己

但始终要意识到一败涂地的
可能
无论失败是什么原因
正确或错误——

早早尝到死亡的滋味不一定是
坏事。

置身教堂、酒吧和博物馆之外
像蜘蛛那样
忍耐——
时间是每个人的十字架
以及
流亡
失败
背信弃义

所有这样的垃圾。

和酒在一起。

酒是连绵不断的血液。

连绵不断的情人。

使用一台大型打字机
当脚步声在你窗外
上上下下

敲这东西
尽最大努力

使它成为一场重量级的战斗

使它成为公牛，当它向你冲来

要记住那些敲得很好的
老家伙：
海明威，塞利纳，陀思妥耶夫斯基，汉姆生。

如果你认为他们在狭小的房间
并没有发疯
就像你现在做的

没有女人

没有食物

没有希望

那么你还没有准备好。

喝更多的酒。

还有时间。

如果没有

也没

关系。

酒 钱

喝着十五美元的香槟——
木马红带——跟两个妓女。

一个叫乔治娅，她
不喜欢连裤袜：
我一直在帮她
把长长的深色丝袜往拉上。

另一个叫帕姆——漂亮
但是没有灵魂
我们抽烟，说话，我
抚弄着她们的腿
将我的光脚丫伸进
乔治娅打开的钱包。
里面尽是
一瓶瓶药。我

用脚夹出了几瓶。

"听着,"我说,"你们一个
有灵魂,另一个
长得好看。我就不能将你们
合二为一吗？夹出灵魂
塞给那个长得漂亮的?"

"你想要我,"帕姆说,"这
会让你花一百美元。"

我们又喝了些,乔治娅
溜到地板上了,站都
站不起来。

我告诉帕姆,我非常喜欢
她的耳环。她的
头发长长的,而且
自然红。

"我只是开玩笑说
一百美元,"她说。

她用我的打火机
点燃香烟，透过火焰
看着我：

她的眼神在勾引我。

"看，"我说，"我想
我不会再付酒钱。"

她跷起二郎腿
吸了口烟

吐出烟笑着说：
"你肯定会。"

人群中的孤独

肉裹着骨头

它们把一颗心

悬在那儿

有时，是灵魂

女人照着墙壁

摔碎花瓶

男人

酩酊大醉

没有谁发现

救世主

就继续

寻找

从被窝里

爬进爬出。

肉裹着

骨头

肉寻找的
不只是
肉。

没有任何
机会：
我们都困于
个体的
命运。

没有谁发现
救世主。

城市垃圾场满了
废品收购站满了
精神病院满了
医院满了
墓地满了

没有别的
会满。

第二部小说

他们来到我这儿
他们问
"你第二部小说
写完了吗?"

"没有。"

"什么原因? 什么原因
让你完成
不了?"

"痔疮和
失眠。"

"也许你已经失去它
了?"

"失去什么?"

"你知道。"

现在，当他们来到
我这儿，我告诉他们，
"是。我写
完了。九月会出版。"

"你写完了?"

"是。"

"好吧，听着，我得
走了。"

就连院儿里
那只猫
也不再来我
门前了。

很好。

肖邦·布考斯基

这是我的钢琴。

电话响了，有人问，
你在干吗？和我们
大喝一场怎样？

而我说，
我在弹钢琴。

什么？

我在弹我的钢琴。

我挂了。

人们需要我，我让他们

满足。如果一段时间他们
看不到我，就会绝望，就会
生病。

但是，如果我经常看见他们
我会生病。没有厌烦
就很难满足。

我的钢琴也反过来对我
弹着。

有时，演奏
杂乱无章，不是很好。
另一些时候
我会像肖邦一样
幸运。

有时，我弹得生疏
走调。就
这样吧。

我会坐下来，吐在我的

琴键上
可这是我的
呕吐物。

这总比和三四个人
还有他们的钢琴
待在一个房间强。

这是我的钢琴
比他们的要好。

他们喜欢它，或者
不喜欢。

忧郁夫人

她坐在那儿

喝着葡萄酒

在她丈夫

去上班的时候。

她很看重

那些

收到的

发表在

小杂志上的

诗。

她有两三本

收入她很多诗的

油印的

小册子。

她有两三个

孩子

在六到十五岁之间。

她不再是个

漂亮女人

过去是。她

寄来一张照片

上面，她坐在

海边

一块礁石上

孤独，难耐。

有一次，我几乎

占有了她。我不知道

是否她以为

我可以

拯救她？

在她所有的诗中

她从未提起

她的丈夫

但她肯定

谈到她的

花园

所以无论如何

我们知道，就是在

那儿

也许，她

操了玫瑰花蕾

和雀儿

在她写诗

之前。

蟑 螂

在我撒尿时

一只蟑螂蜷缩在

墙角瓷砖上

我转过头

它钻进了缝隙

只撅给我个屁股。

我操起杀虫剂

喷喷喷

蟑螂终于出来了

一副脏不拉几的样子。

然后它跌进了

浴缸，我看着它

垂死挣扎

一种微妙的快感升起

因为我付房租

而它没有。

我用蓝绿色的手纸

捏起它

丢进马桶

冲走。事情的经过

就是这样，除了

在好莱坞西区

我们不得不

一直这样做。

他们说有一天

蟑螂们将

继承世界

但我们

会让它们等上

几个月。

到底谁是汤姆·琼斯?

我和一个

二十四岁的姑娘

在纽约同居了

两周,那时

垃圾工人正在那儿

罢工

有天晚上,我三十四岁的

女人来了

她说,"我想瞧瞧

我的对手。"看到

之后,她说,"哦,

这么个可爱的小骚货!"

接下来,我记得是

猫的一声尖叫

那么刺耳、抓狂

受伤动物的呻吟

血和尿……
我喝醉了，只穿着
短裤。我想
把她们分开，却摔倒了
扭伤了膝盖。后来
她们穿过纱门
往外走
一直走到大街上。
装满警察的警车
全来了。一架警务
直升机在头顶盘旋。
我站在浴室镜子前
咧嘴笑着。
这么冠冕堂皇的事
在五十五岁的年纪不会
经常发生。
简直胜过瓦茨暴乱。
三十四岁的人
回来了。她
几乎都要
气疯了，衣服
被撕烂了，身后

跟着两个警察

他们想知道原因。

提起短裤

我试着解释。

战 胜

听着收音机里的布鲁克纳
想知道为什么我没因
和新女朋友分手而
发疯?

想知道为什么我没在街道上
醉驾
想知道为什么我没在卧室
在黑暗中
在漆黑一片中
思索
撕心裂肺。

我猜
最终
我也像一般人:

我认识的女人太多啦
而不是考虑
谁现在在操她？
我想
她现在正给别的可怜的王八蛋
带来很多麻烦。

听着收音机里的布鲁克纳
似乎很平静。

太多的女人我见识过。
最终我孤身一人
但不孤独。

我拿起一支画笔
用末梢清理指甲。

我看到墙上一个插座。

瞧，我赢了。

红绿灯

老人们在海滨公园
玩游戏
用木棍在水泥上
随便标记。
四个在玩，两个各一边
十八九个坐在
阳光下看
当我去上公厕
我注意到他们
那时我的车要修。

一门大炮耸在公园里
生锈废弃。
六七艘帆船停在
下方的海面。

我履行了我的义务
出来
他们还在玩。

有一个女人涂着大口红
戴着假睫毛吸着
一支烟。
男人都很瘦
很苍白
戴着对手腕有害的
手表。

其他女人很胖
她们每赢一次分
就咯咯笑一回

他们有些年纪和我一样大。

他们让我恶心
他们这是在等死

同样的热情

就像在等红绿灯。

这是些相信广告的人
这是些买假牙保险的人
这是些庆祝节日的人
这是些儿孙满堂的人
这是些投票的人
这是些有葬礼的人

这都是些死人
烟雾
空气中的臭气
麻风病人。

最终
甚至每个人都这样。

海鸥更好
海藻更好
泥沙更好

如果我能转动那门大炮

瞄准他们

发射

我会。

他们让我恶心。

462-0614

现在，我会接到很多电话。

问的都一样。

"你是作家查尔斯·布考斯基

吗?"

"是，"我告诉他们。

而他们告诉我

他们了解我的

写作，

他们有些是作家

或者想当作家

他们有沉闷

可怕的工作

他们无法面对房间

公寓

墙壁

夜晚——
他们希望有人
说话，
他们无法相信
我不帮他们
什么都不说。
他们无法相信
现在经常是
我在房间里弯下腰
抓住我的肚子
说
"耶稣耶稣耶稣，别再
烦我！"
他们无法相信
无情的人
街道
寂寞
墙壁
我也有。
当我挂断电话
他们以为我藏着掖着我的
秘密。

我不靠知识
写作。
当电话响起
我也想听到
一些也许安慰我的
话。

这就是为什么我的号码
在别人的名单里。

照　片

她们拍你：走廊上
沙发上
站在院子里的你
倚着汽车的你

这些摄影师
大屁股的女人
对你而言屁股
比眼睛和灵魂更美好

——这是在玩作家
真正的海明威
詹姆斯·乔伊斯
聚光灯下的狗屎

但是，瞧——

这些书
都是你写的
你从未去过巴黎
但已写出了你身后
所有的书
（有些不见了
丢了或被偷了）

你唯一应该做的
是像布考斯基那样
对着镜头
但是

你继续看着
那些
惊人的大屁股
想着——
有人
在上它

"看着我的眼睛"
她们说着摁下快门

相机不停摆弄

闪光灯一闪一闪

海明威经常参加拳击

或去钓鱼，斗牛

但在她们离开后

你手淫，射在被单里

然后洗个热水澡

她们从未把照片寄来

就像她们答应说会寄来

惊人的大屁股

一去不复返

而你已成为一个优秀的文学家——

现在活着

快要死了

寻思着她们的眼睛和灵魂

甚至更多。

聚 会

蓝铅笔画出的波浪
镜子里黄色的路面

握着方向盘
一个疯狂的女人坐在
你旁边

抱怨，就像大海
冲走的泡沫

人们在黄线和
白线间
野营
挡住你的去路
一段狂乱的
时光

当你听她说

这不对

那不对

你承认

这不对那不对

但还

不够

她想要辉煌的

征服

而你厌倦了

辉煌的

征服

从座位上

爬出

她向那边的房子

走去

你小便，撒在

你汽车的挡泥板上

喝着啤酒

尿滴
往下滴进
灰尘
干燥的
灰尘

拉上拉链
你走进去
见她的
朋友们。

当胸一拳

人常说，"强者总会
回来。"

但薇拉比大多数女人更亲切，
所以我很惊讶
那晚她来
说，"让我进来。"

"不，不，我正在写一首十四行诗。"

"我只待一分钟，然后
就走。"

"薇拉，如果我让你进来，你会在这儿
待三四天。"

这是晚上，我没有开
门廊灯，所以看不清什么
过来
可是
她忽然一记右拳
我的胸口差点
爆炸。

"宝贝儿，记住这漂亮的一拳。
现在我走了。"

于是，我关了门。

不到五分钟，她又回来了：
"汉克，我找不到我的车，我
发誓，真找不到车。求你
帮我找到车！"

我看见我的朋友鲍比
正路过。"嗨，鲍比，帮她
找到她的车。我们以后
再收拾她。"

他们一起走了。

后来，鲍比说，他们发现
她的车停在某家门前的
草坪上，灯亮着，发动机
响着。

打那，我再也没听到薇拉的
消息
除非她是
在凌晨两点、三点、四点
不停打电话的那位
当我说"喂"
没有回答。

但鲍比说，他
可以收拾她
所以我决定把她
送给鲍比。

她住在格兰岱尔的
一条小街上

我帮他

展开路线图，当我们喝着

喜力滋。

最糟和最好

在医院和监狱

这是最糟的

在精神病院

这是最糟的

在贫民窟的旅馆

这是最糟的

在诗歌朗诵会

在摇滚演唱会

在残疾人的义卖会

这是最糟的

在葬礼上

在婚礼上

这是最糟的

在大游行

在溜冰场

在乱伦的狂欢宴

这是最糟的
在午夜
在凌晨三点
在下午五点四十五分
这是最糟的

从空中降下
行刑的射击队
这是最好的

想想印度
看看爆米花摊子
注视公牛挑翻斗牛士
这是最好的

打碎的灯泡
一只老狗的蹭伤
花生在塑料袋里
这是最好的

喷射蟑螂
一双干净的丝袜

天生的胆量打败天生的才华
这是最好的

面前的行刑队
向海鸥扔面包皮
切西红柿
这是最好的

烟头烫破的地毯
人行道上的裂缝
女服务员依然清醒
这是最好的

我的手死掉
我的心死掉
沉默
慢摇滚
世界一片火海
这是最好的

优惠券

用昨晚的啤酒

蘸湿香烟

你点燃一根

作呕

打开门透气

在你门口

一只死去的麻雀

头和胸脯

都不见了。

门把手上，挂着一张

全美

汉堡

发的优惠广告

上面

写着：

凡二月十二日至十五日

购买

一个汉堡

即可免费获赠

常规大小的一包法国薯条

和一杯

十盎司的可口可乐。

我取下广告

包了麻雀

拿到垃圾桶那儿

扔了

进去。

瞧：

放弃薯条和可乐

可以让

我的城市

保持清洁。

幸 运

这一切，没什么
不好：
看着人们
喝咖啡
等人。如果走运
我会用咖啡
泼他们。他们
贱。他们需要这样
根本不如我。

我坐在咖啡馆
看着他们
等人。我想
反正没什么
可做。
苍蝇在窗户上

爬上爬下
而我们喝着
咖啡，假装
没有
相互看。我
和他们一起等。
在苍蝇爬上爬下
和人们来回
走过时。

狗

孤单一条狗
独行在夏日炎炎的
人行道上
仿佛拥有
万神之力。

这是为什么？

阵地战

得了流感

喝着啤酒

收音机声音放得很大

足以盖过

外面的

立体声。

她们刚搬进院子

隔着条过道。

不管你睡或醒

她们总将音量

放到最大

而且门窗

大开。

她们都

十八了，结婚了，穿着

红鞋子
金发碧眼
苗条。
她们什么
都玩:爵士
古典，摇滚
乡村，现代
只要声音
够响。

这就是贫乏的
问题所在：
我们的声音应该
彼此分享。
上周，轮到
我了：
有两个女人
来我这儿
她们打架
几乎打到了
她们那边
大喊大叫。于是

警察来了。

现在轮到
她们了。
这会儿我
穿着短裤
走来走去
耳朵里
塞着两个
橡皮耳塞。

我甚至想
杀人。
真是无知的
小兔崽子!
走路还在
掉鼻涕!

但在我们的地盘
在中间的过道上
始终不见
改变;

只有当事情

一时

不是太糟

我们就忘了。

有一天，她们

都会死

有一天，她们

都会有一口

棺材

到那时就

安静了。

但现在

她们放着鲍勃·迪伦

鲍勃·迪伦

没完没了的鲍勃·

迪伦。

当我想到我的死

我想到汽车停在
停车场

当我想到我的死
我想到煎锅

当我想到我的死
我想到有人还想和我做爱
当我不在她身边

当我想到我的死
我呼吸困难

当我想到我的死
我想到所有的人都在等死

当我想到我的死
我想我不能再喝水了

当我想到我的死
空气变得苍白

我厨房里的蟑螂
在颤抖

有人会将我
净的脏的内衣
丢弃。

圣诞前夕，独自一人

圣诞前夕，独自一人
住在一家
海岸边的汽车旅馆
临近太平洋——
听见了吗？

他们一直想把这儿
整修成西班牙式的，这里有
挂毯，灯具
厕所很干净，有
小酒吧粉红色的
肥皂。

他们不会发现我们
在这儿：
梭鱼或女人，或者
偶像

崇拜者。

回到镇上
他们喝酒，慌慌张张
闯红灯
撞破了头
正好用以纪念基督的
生日。很好。

很快，我就要喝完第五瓶
波多黎各朗姆酒。
清晨，我呕吐
洗澡，驱车
返回，下午一点吃了一个三明治
两点回到
房间
扯着身子躺在床上
等电话。

没人打来。
我的假期是
逃避，我的理由
不存在。

曾经有一个女人， 她将她的头伸进了烤箱

恐惧最终变得几乎
可以忍受
但从未有过

恐惧像一只猫在爬
像一只猫在抓
穿过我的心

我能听到民众的笑声

他们强大
他们将活下来

像蟑螂

永远不要在蟑螂面前闭眼

你将永远不会再看到它。

民众无处不在
他们知道如何行事：
他们拥有理智和致命的愤怒
去做理智和致命的
事。

我希望我驾驶着一辆一九五二年的蓝色别克
或一九四二年的深蓝色别克
或一九三二年的蓝色别克
越过地狱的悬崖，跌入
大海。

幻想与现实

这世界总有很多带着一个两个

或三个孩子的单身女人

只是不知道她们的丈夫

去哪儿了，或她们的情人去

哪儿了

只留下

这些手、眼睛、脚

和声音。

当我走进她们的家

我喜欢打开橱柜

看看

或水槽

或壁橱——

我希望能找到一个丈夫

或情人，他会对我说：

"嘿，哥们儿，你没注意到她的

妊娠纹，她有了妊娠纹和
松弛的乳房，她老是
吃洋葱，放屁……而我
是个能干的人。我会修理东西，
我知道怎样操作六角车床，而且
可以自己换机油。我会
打台球，木球，我绝对可以
跑完第五或第六届
越野马拉松。我有一副高尔夫
球具，八十年代打过。
我有一顶帽沿两边
向上翻起的牛仔帽。
套索和拳头我都使得很棒
我也知道所有最新的舞步。"

而我会说，"看，我正要走。"
我会离开，在他向我挑战
扳手腕，
或说个黄色笑话，
或给我看他右臂二头肌上的
舞蹈纹身之前。

但真正

在橱柜里发现的只有

咖啡杯，破裂的棕色大盘子

水槽里一堆干硬的

抹布，而衣柜里，衣架

比衣服多，直到她

给我看相册，看他的照片——

挺好的，像一只鞋拔，或者

超市中的一辆轮子卡住了的手推车——

我才意识到他是因缺乏自信才离开。

再翻，就见一个穿红衣服的

荡秋千的小孩，而

另一个

在追赶海鸥，在圣莫尼卡。

生活变得悲伤而非危险

因此够好了：

就让她端给你一杯咖啡——

用那他没有从中跳出来的

咖啡杯。

被 盗

我一直以为这会儿它

在外头

等我

蓝色

前保险杠撞歪了

马耳他十字架挂在

镜子上。

橡皮垫子

在踏板下乱扔着。

二十迈/加仑。

挺好用的老继电器四九一

一个男人忠贞不渝的爱，

就是说当经过一个拐角

我将她挂在二挡

就是说她可以辨出周围任何地方的

一个讯号。

就是说我们征服了大大小小的

地盘

雨

阳光

烟雾

敌意

以及迷恋已久的东西。

上周四晚上我出来

在奥运会上打架

我的一九六七年的大众汽车

和另一个情人不见了

去了别的地方。

架打得不赖。

我在斯坦达德叫了一辆出租车

坐着吃了一个果冻甜甜圈

在咖啡厅喝了杯咖啡，这么

等着，

我想如果我找到了

偷她的男人

我会弄死他。

出租车来了。我向司机
招手，付了咖啡和甜甜圈的
钱，走进夜色
上了车，告诉他，"去好莱坞
西区。"那个特别的夜晚
即将到头。

温顺之人必继承世界

如果打字也算

受苦

想想在生菜之间

我会感觉怎样——

萨利纳斯的菜农？

想想我认识的

工厂

工人

没有出路

无法解脱——

当生活令人窒息

令人窒息，因

鲍勃·霍普或露西·鲍尔

而大笑。

两三个孩子，对着

墙壁

打网球。

有些自杀，没有

记录。

疯狂的人总喜欢我

还有弱智的。

始终在念小学

初中

高中

大专

没用的会

黏上

我。

这些家伙用一只胳膊

生拉硬拽

说话有病

一只眼睛上

蒙着白色薄膜

懦夫

厌世者

杀手

窥视狂

或小偷。

始终是

工厂的，坏

透了

我总是吸引

没用的。他们见了我

立马

黏上来。一直

没变。

现在在这地方

就有一个

看见了我。

他推着一辆

购物车

里面装满垃圾：

破拐杖，鞋带

空薯片袋

牛奶纸箱，报纸，笔杆儿……

"嘿，哥们儿，感觉怎样？"

我停下和他

聊了会儿。

然后我说再见

但他依然跟着

我

经过啤酒店

和

成人用品店……

"请及时通知我

哥们儿,及时通知我

我想知道是

怎么回事。"

他是我的新粉丝。

我曾见他

碰见谁

都说话。

购物车嘎啦嘎啦

有点颠

在我身后

有什么东西

掉出来了。

他停下来

捡。

当他捡时我

穿过

拐角

绿色饭店的

前门

走过

大厅

从后门

出来

就见一只猫

在非常痛快地

拉屎

冲我

咧嘴笑。

大马克斯

在初中
大马克斯是个大麻烦。
午餐时我们坐着吃
花生酱三明治
和薯片。
他鼻孔多毛
眉毛粗大，嘴上
唾沫星子乱溅。
他脚上穿着十号半的
鞋。衬衫紧裹住
宽阔的胸膛。他的手腕看起来像
四肢着地的两只手。他从阴凉处
走过健身房后面艾莱和我
坐的地方。
"你们这帮家伙，"他停下来，"你们
这帮坐着肩膀耷拉的家伙！
走路也是肩膀

奋拉！你们想永远
这样吗?"

我们没吱声。

这时马克斯会看着我。
"站起来!"

我站起来，他会走到
我身后，说，"挺起你的
肩膀，这样!"

而且他会扳正我的肩膀。
"好！这样不是很好吗?"

"对，马克斯。"

然后他走了，我又恢复了
平常的姿势。

大马克斯如此
古板老成。这让我们
感觉讨厌。

被 困

在冬天，我的目光
移动在天花板上，仿佛
街灯。我有四只脚，像只老鼠
但我自己洗内衣——胡子拉碴
醉醺醺，下面坚硬，无人做伴。
我的脸像浴巾。我唱着
情歌，生装坚强。

我死都不哭。我不会
和狐朋狗友待着，但没他们也活不了。
我把头顶在白色的
冰箱上，想尖叫，仿佛
此生最后的哭泣。可我
比山更高大。

这是你玩游戏的方法

管它叫爱

将它头朝上竖在昏暗的

灯光下

将它放进一件衣服

祈祷，唱歌，乞求，痛哭，大笑

关掉灯

打开收音机

添加配料：

黄油，生鸡蛋，昨天的

报纸；

一个新鞋带，然后添加

辣椒粉，糖，盐，胡椒粉，

给在卡莱克西科的你喝醉了的阿姨

打电话；

管它叫爱，你

串好它，添加

卷心菜和苹果泥，

然后从左侧

加热，

然后从右侧

加热，

将它放进一个盒子

拿走送人

放在门口

呕吐，当你

进入

紫绣球。

在欧洲大陆

我很软。我在
做梦。
我让自己做梦。我梦见
出名了。我梦见
走在伦敦和巴黎的
街头。我梦见
坐在咖啡馆
喝着上好的葡萄酒，然后
打的回到一家
好酒店。
我梦见
在大厅里遇见美女
却
撇下她们，因为
黎明前，我还有
一首十四行诗

要写。黎明时分
我会睡着，一只
陌生的猫，将蜷缩在
窗台上。

我想我们偶尔
都会这样。
我甚至想游览
德国的安德纳赫，我
生在那儿。我还想
飞往莫斯科，看看
他们的公共运输系统，这样
当我回到这个
操蛋的地方
我就可以将那些有点下流的事
对洛杉矶市长
耳语。

这有可能发生。
我准备好了。

我见过蜗牛爬过

十英尺的墙

消失了。

你千万别将这和野心

混淆。

我可以对我打牌时的好手气

满不在乎——

我不会忘记你。

我会寄明信片

和快照，还有写好的

十四行诗。

黄色出租车

墨西哥舞女给我摇着
扇子，坐在我腿上，我
没请她
我的女人生气地从咖啡馆跑了出去
外面下着雨，就听见雨
滴打在屋顶上。我没工作，已经十三天
没交房租了。
有时候，当你喜欢的女人跑了出去
你不知道这算不算
经济学，你不能怪她们——
我们都害怕，但是如果你令人讨厌
没什么可以让自己变得
强大。我叫来服务员，说
我想把这个桌子翻过来，我
无聊，我疯了，我需要
行动，我召集打手，我会尿在他的
锁骨上。

很快
我被扔了出来。雨依然
在下。我爬起来
走在空荡荡的街道上
他妈的，我想吃
甜棉花糖，可小商店全关门了
上着六七型沃尔沃斯锁。

后来我走到街道尽头
看见她和另一个家伙钻进了
一辆黄色出租车。

我被一个垃圾桶绊倒了，站起来
向它撒尿，感觉难过又不是
难过，明知他们对你只能
这样，尿顺着拉罐上的波纹
流下来，哲学家肯定会对这
说点什么。女人。她们的幸运
让你倒霉。胜者通吃巴塞罗那。还是去
下一家酒吧。

你怎么会在我电话名单里？

有人总打来电话，问到这。

你真是查尔斯·布考斯基
那个作家吗？他们问。

我有时是作家，我说，
更多的时候，什么也不做。

听着，他们会说，我喜欢你的
东西——你不介意我带两扎
六罐装的啤酒
来吧？

你可以带来，我说
可要是进不来……

而当女人们打电话，我说，
哦，是，我写作，是个作家
只是现在没写。

我觉得打你电话很蠢，
她们说，我很惊讶
居然能在电话本里发现你。

这有原因，我说，
顺便问问，为什么不过来
喝一杯？

你不介意吗？

然后她们到了
漂亮的女人
头脑、身材、眼睛都很棒。

常常，这中间没有性
但我已经习惯了
感觉很好
非常好，可以看着她们——

真是少有的时光
否则，我有意想不到的
幸运。

一个五十五岁的男人，自打二十三岁以来
生活毫无安排
自打五十岁以来，没什么规律
我想我应该通过太平洋公司
列出电话名单
直到我的和普通人的
一样多。

当然，我必须始终写作
不朽的诗篇
但这需要灵感。

天气预报

我想，现在西班牙的某个小镇

正在下雨

当我这样的

心情不好；

我想现在

就是这样。

我们去墨西哥的小村庄吧——

听起来不错：

一个墨西哥的小村庄

当我这样的

心情不好

黄色的墙壁年深日久——

外面

下着雨

夜晚，一只猪在圈里走动

因下雨而感到烦躁

小眼睛像烟头

看见吗？

还有该死的尾巴。

我想象不出那儿的人。

想象那儿的人对我来说太难了。

也许，他们也是这样的

心情不好

几乎一样心情不好。

我不知道，心情不好时

他们干什么？

他们可能不这样说。

他们说，

"看，下雨了。"

这样最好。

干净老头

再有一周

我就

五十五岁了。

写点儿

什么呢

难道写

那东西在清晨

不再勃起？

批评家们

当然乐意

当我的运动场

缩小成

乌龟

和气壳星。①

他们甚至会
说
我的
好话。

就好像我
终于
恢复了
感觉。

① 气壳星(shellstars):星体快速自转,引起星体的不稳定,于是物质从星体
抛射出去,在星体周围形成气壳。

有些事情

我输掉了比赛。

我沙发上的弹簧

断了。

他们偷走了我的手提箱。

他们偷走了我的画，上面

两只粉红色的眼睛。

我的车抛锚了。

鳗鱼爬上了我浴室的墙。

我的爱碎了。

但今天的股市

上升。

平板玻璃窗

狗和天使

并非完全不同。

下午两点三十分

我经常来这地方

吃东西

因为所有在这儿吃东西的人

都很蠢

只是简单快乐地活着

吃烤豆

旁边有一扇能保温的

平板玻璃窗

也可以挡住

车来人往的喧闹。

在这儿，咖啡想喝多少

喝多少

我们静静地坐着，喝着
浓浓的黑咖啡。

能坐在某个地方真好
在这个世界，在下午两点三十分
没有人从你骨头上
撕肉。哪怕
正在腐朽，这谁都知道。

没有人打扰我们
我们也不打扰别人。

天使和狗
并非完全不同
在下午两点三十分。

我有我最喜欢的桌子。
吃完了
我会把盘子，碟子
杯子，银器
摆整齐——
权当给幸运的献礼——

而太阳

一如既往

在这里

升起

落下

没入

漆黑。

艰难时刻

太多太少

太胖

太瘦

或无足轻重。

笑或

泪。

恨

爱

陌生的脸孔就像

翻转过来的

图钉。

大军开过
流血的街道
挥舞着酒瓶
杀戮奸淫
少女。

在不堪的房间，一个老家伙
手握一张梦露的照片。

这世界寂寞如此广大
你能看见它像钟表的指针
缓慢移动

人们如此倦怠
支离破碎
无论有爱无爱。

人们只是彼此漠然
无论谁对谁。

富对富漠然
穷对穷漠然。

大家都害怕。

我们的教育体制告诉我们
谁都能成为
超级大赢家

但它并没有告诉我们
什么是贫民窟
或自杀。

或者一个人的恐惧
在那里，孤独地
痛

没有人觉察
无言地

浇灌一朵花。

人们只是彼此漠然。
人们只是彼此漠然。
人们只是彼此漠然。

我想他们不会改变。
我不会要求改变。

但有时，我会想到
它。

水珠晃动
乌云密布
刽子手砍掉孩子的头
像将蛋卷冰淇淋咬了一口。

太多
太少

太胖
太瘦
或无足轻重

恨多过爱。

人们只是彼此漠然。
如果他们不是

我们的死就不会如此阴郁。

而这时，我看着少女
茎
花的可能。

必须有一种可能。

必须有一种可能，尽管还没有
可能。

是谁将思想置于我心中？

它呼喊
它请求
它说会有可能。

它不会说
"不!"

一匹长着蓝绿色眼睛的马

你的所见是你的所见：
精神病院很少
展览。

我们依然散步
抓伤自己，点燃
香烟。

奇迹

比泳装美女多
比玫瑰和飞蛾多。

坐在一个小房间里
喝着一罐啤酒
捻着一支烟

听着红色小收音机里的
勃拉姆斯

就像从
十几场战争中活着
回来

听着冰箱的
声音

当泳装美女腐烂

橘子和苹果
滚远。

三

猩 红

猩 红

我很高兴，当她们到来

我很高兴，当她们离开

我很高兴，当我听到她们的高跟鞋

接近我的门

我很高兴，当她们的高跟鞋

走远

我很高兴做事儿

我很高兴处理

我很高兴完事儿

而且

既然事情总是

开始、结束

大多数时候

我很高兴

而猫们走来走去
地球绕着太阳转
电话响了：

"我是猩红。"

"谁?"

"猩红。"

"好吧，过来玩个痛快。"

我挂了，想着
也许就是她

进去
迅速拉屎
刮胡子

洗澡

穿衣

倒掉袋子
和箱子里的
空瓶子

坐下，听着高跟鞋的声音
接近
远胜过一支凯旋的
军队

正是猩红
而我厨房里的水龙头
一直滴水
需要一个垫圈。

稍后，我会
处理。

红头发来来回回

红头发
真的
她将它们甩过去
问我
"还打到屁股吗?"

真好笑。

总有一个女人
将你从另一个女人那里拯救

当那个女人拯救你
她也准备好了
破坏。

"我有时恨你,"

她说。

她走出去，坐在
门口，读着我的卡图卢斯
手抄本，足足
一个小时。

人们来来回回
经过我的住处
感觉好奇，为什么一个丑陋的
老家伙，居然拥有
这样的美女。

我也不知道。

当她走进来，我抓住
她，拉她坐在我的大腿上。
拿起杯子，对她
说，"喝了它。"

"哦，"她说，"你掺了
啤酒和威士忌，这样会

让人恶心。"

"你的手纹你的红头发，就不
恶心吗？"

"你别看啊，"她说着
站起来，脱下她的
休闲裤，内裤
她的头发一上
一下
一个样。

卡图卢斯不会向往
更多的历史或
非凡的优雅；
他痴迷地
去找

温柔的男仆
没有足够疯狂地
变做
女人。

浅棕色

浅棕色的眼神

那么无言，苍白，不可思议
浅棕色的眼神

我会在意
它。

你再也不必
和你的克利欧佩特拉
背着我
电影明星的
戏法。

你有没有想到
如果我是一个计算器

我可能会
失灵
你那浅棕色的眼神
已看过多少次？

不，你那浅棕色的眼神
不是最美的。

有一天，那些疯狂的王八蛋
会去杀了你

你会哭喊着我的名字
终于知道
你本该知道的

在很久
以前。

巨大的耳环

我去接她。

她有事。

她总是有

好多事要做。

我无所事事。

她从公寓出来。

我看见她走向我的车

赤着脚

衣着随便

除了巨大的耳环。

我点燃一支烟

当我抬头，看见她

扯开身子躺在街上

一条繁华的街道

一百一十二磅的她
和你想象的任何东西
一样美。

我打开收音机
等她起床。

她起来了。

我打开车门。
她进来。我从路边
开走。她喜欢收音机播的歌曲
将声音放大了点。

她似乎喜欢所有的歌曲
她似乎知道所有的歌曲

每一次看她,她都越来越
美

两百年前，人们会将她
烧死在火刑柱上

现在，她画着
睫毛膏，当车
向前开去。

披着火焰似的红头发的她从浴室里出来说——

警察要我下楼指认

那个想强奸我的家伙。

我又丢了我的汽车钥匙；我

找到了一把去开门，但根本

打不开。

那些人想从我这儿带走

我的孩子，但我不会让他们得逞。

罗谢尔服用毒品过量了，然后她用

什么东西砸哈利，哈利挥拳打她。

她就这样断掉了肋骨，你知道

他们有个人还打她的肺。她

倒在了县城的一台机器下。

我的梳子呢？

你的梳子里尽是黏黏糊糊的东西。

我对她说
我没见过你的
梳子。

冒 险

她不适合你，老弟
她不是你要的类型
她可以被擦去
她被用过了
她有很多不好的
习惯，
比赛时，他
对我说。

我想赌四号
马，我对他说。
嗯，这仅仅是我
乐意在中游
带她走
救她，你可能会说。

你可以不救她，他说
你五十五岁，还是积德吧。
我想赌六号马。
你不是那个能救
她的人。

谁能救她？我问。
我不认为六号马
有机会赢，我喜欢四号马。

她需要人在屋里追着她
打她，他说
踢她的屁股，她喜欢
这。她会留在家里
洗碗。
六号马有机会
赢。

我不擅长殴打女人
我说。

那就忘了她，他说。

太难了，我说。

他站起来，赌六号马
我也站起来，赌四号马。
五号马赢了
三个来回
十五赔一。

她染了红头发
像天上的闪电
我说。

忘了她，他说。

我们撕了我们的票
在铁轨中央
凝望着湖水。

对于我们
这都将是
一个漫长的下午。

承　诺

她在床边俯身

打开靠在墙壁上的

画夹。

我们喝着酒。

她说，"你答应过我，送我

这些画，还

记得吗？"

"什么？不，不，我不记得了。"

"嗯，你答应过，"她说，"你应该

说话算数。"

"带着这些操蛋的画走吧，"

我说。

然后我走进厨房去拿

啤酒。我站住，吐了

出来的时候

我看见她正从我的窗户

跳进院子，朝着后面她的住处走去。

她想走快点

又能平衡住头上顶的那

四十幅画：

油画

黑白

丙烯

水彩。

她险些绊倒，画差点

掉在她的屁股上。

这时她加快步伐

已经穿过她那栋楼的

大门

头顶着那么多画

飞跑！

这真是可笑透顶的事

让我开眼。

好吧，我想我只需要

再画四十来张。

挥手道别

我买了这次的票，从休斯敦一路飞往
旧金山
起飞后在她哥哥的房间遇见她
我喝醉了
和她聊一个红发女郎，整整一个晚上
临了她说，"你上去睡吧。"
我爬上梯子
钻进一个床铺，而她
睡在下边。

第二天，他们开车送我去机场
而我又飞了回来，心想着，嗯
这儿还有红发女郎，当我回到房间
我给她打电话说，"我回来了，宝贝儿，
起飞后我看到一个女人，我和她聊了
一晚上你，所以又回来了……"

"好啊，为什么你不飞回来和她
聊完?"说着她挂了。

然后我又喝醉了，电话响了
那边说她们是
从德国来的两位女士，她们想
见我。

所以她们来了，一个二十岁，另一个
二十二岁。我告诉她们，我的心
彻底碎了
已经放弃了女人。她们笑话
我，我们喝酒，抽烟，一起
上床。

现在事情明摆着
我得先逮住一个，然后逮住
另一个。

我先选了那个二十二岁的，而且
上了她。

她们待了两天两夜
但我从未动那个二十岁的
她底下有卫生巾。

我终于开车把她们送到谢尔曼奥克斯
她们站在长长的
车道脚下
不停地挥手道别,当我从我的
大众车里出来。

我一回来,看到一位女士
从尤里卡寄来的信。她说,她想和我
做爱,直到她
不愿离开为止。

我扯开身子,疲倦极了
我想着一个星期前,坐在
红色自行车上的一个小女孩

然后,我洗了澡,裹上我的绿色
浴巾,正好可以看看
奥运拳击比赛。

一个黑人和一个墨西哥裔美国人。
他们打得非常出色。

这真是一个好主意：
将他们圈在那儿，让他们互相
残杀。

我看了整场比赛
始终想着那个红发女郎。

我想墨西哥裔美国人会赢
但也说不准。

自　由

她坐在纽约切尔西

1010 室的

窗口，

贾尼斯·乔普林的老房间。①

气温一百零四度②

她飞快地

将一只脚伸出

阳台，

探出身子说，

"天哪，真伟大！"

这时她滑了一下

差点摔出去，

———————

① 贾尼斯·乔普林(Janis Joplin, 1943—1970)：美国歌手。以自由挥洒的唱法和如同触电般的舞台表演而著称。被称为最伟大的白人摇滚女歌手和伟大的布鲁斯歌手。

② 华氏 104 度，即 40 摄氏度。

却抓住了。

阳台很严实。

她缩回

走过来，整个人

舒展在床上。

我已失去了很多女人

有很多种方式

但这个可能会是

第一次

以这种方式。

然后她滚下床

躺在地上

等我走过去

她已睡着了。

一整天她都想

去看自由女神像。

现在，她暂时

没打扰我。

别碰女孩

她去看我的医生
想让开一点减肥药；
她不胖，需要的是运动。
我去最近的酒吧等。
这是周二下午三点三十分。
那儿有一个舞女。

酒吧里，除我就一个男人。

她跳着
在镜子里看着自己。
像只猴子
黑黑的
朝鲜人。

长得不是很好，

明显瘦小
她冲我吐舌头
然后又冲那个男人。

一定混得不好，我想。

喝了些啤酒，我起身要离开。
她向我招手。
"要走了?"她问。
"是，"我说，"我的妻子得了癌症。"

我握握她的手。

她指着身后的一个牌子：
别碰女孩。

她指着身后那个牌子说：
"牌子上写着，别碰女孩。"

我回到停车场等。
她出来了。
"药开了吗?"我问。

"嗯，"她说。

"真是美妙的一天。"

我想着那个舞女穿过我的

厨房。简直难以想象。我将要

孤独终老

这正是我生活的方式。

"送我去我那儿，"她说，

"晚上我还得上夜校。"

"当然，"说着我便让她上了车。

深色墨镜

我从不戴深色墨镜

可这回，这个红头发的女人

去好莱坞大道抓药

她不停地和人家吵，对我

吼，大喊大叫。

我把她撇在柜台那儿

四处转悠，买了一大支

佳洁士和一大瓶乔伊①。

然后我朝

深色墨镜展架走去，买了

我能找到的

最凶的。

我们付了钱

走到一个墨西哥人的地方

① 乔伊（Joy），全球最昂贵的香水之一。

她要了一个墨西哥煎玉米卷

吃不下去，坐在那儿

和人家吵，对我大喊大叫

吃完我要了三瓶啤酒

喝光了

戴上墨镜。

"哦上帝，"她说，"哦他妈的上帝！"

而我拉扯她的胳膊

狠狠骂她

大喊大叫，将臭烘烘的果酱乱射

仿佛地狱的屎

在殴打屁。

后来我起身

付账

她跟我出来

我们都戴着墨镜

在人行道上分开走。

我们找到了她的车

上车开走

我坐在那儿

将墨镜往鼻梁上推了推

扯下她墨镜的一个腿

伸出窗外挥舞

就像一个分裂的同盟的旗杆……

又黑又凶的墨镜帮了忙。

"哦他妈的上帝!"她说

太阳出来了

而我不知道。

这副墨镜促销价 4.25 美元。

而我已经弄丢了佳洁士

乔伊忘在

墨西哥人那里。

忧郁症

忧郁症的历史
包括我们每个人。

我，在脏兮兮的床单上蠕动
一边盯着蓝色的墙壁
什么也没有。

我已变得如此忧郁
以至
我迎接它就像迎接一个
老朋友。

现在，我将为了失去的红发女郎
悲伤十五分钟，
我对上帝说。

我这样做了，感觉很糟糕
很伤心，
之后，升华
洁净
虽然什么问题
也没解决。

这就是我得到的：我在踢
宗教的屁股。

我应该踢那个红发女郎的
屁股
她的大脑，她的面包
黄油是
在……

但是，没有，对任何事
我都感到伤心。

失去的红发女郎是又一次
人生的失败
失落……

听着收音机里的鼓点

我咧嘴笑了。

我有毛病

不止是

忧郁症。

听诊器实例

我的医生做完手术，刚走进他的
办公室。
在厕所他碰见我。
"见鬼，"他对我说，
"你是在哪儿找到她的？哦，我看姑娘
就像看病一样！"
我告诉他："这是我的专长：让
心和美丽的肉体相结合。如果你能发现
一次心跳，让我知道。"
"我会好好照顾她的，"他说。
"对，而且请你记住你所有
令人尊敬的职业道德，"我对他
说。

他拉上拉链，洗手。
"你身体怎样?"他问。

"物理上我的心在痉挛，精神上我在
浪费，注定了的，我的小十字架上，全是
垃圾。"

"我会好好照顾她的。"

"对，而且让我知道你发现你心跳。"

他走了出去。
我完事，拉上拉链，也走了出去。
只是不洗。

我远远超越了这一切。

伤心欲绝

"我来了，"她说，"告诉你
就这样。这不是开玩笑，一切
都完了。就这样。"

我坐在沙发上，看着她在我卧室
镜子前，整理她长长的
红头发。
她松开头发
在头顶上挽起一个髻——
她的眼睛直直地盯住
我的眼睛——
然后，放下两边的头发
让它们垂落在脸颊。

我们上床，我默默地
从背后搂住她

我的胳膊绕过她的脖子
我抚摸她的手腕和手
感觉
她的胳膊肘
几乎没动。

她起床。

"就这样，"她说
"真让人难过。你
有橡皮筋吗?"

我不知道。

"这儿有一个，"她说
"这个可以。好吧
我要走了。"

我起床，送她
到门口

当她离开时

她说

"我想要你给我

买双高跟鞋

高高瘦瘦的鞋尖

黑色的那种。"

不，我想买

红色的。

我看着她走在水泥路上

走到树下

她走得义无反顾

当她成了一个小点跃进阳光中

我关了门。

退 路

这一次，我完蛋了。

就仿佛德国军队
任风雪鞭打，共产党人
弯腰前行
把报纸塞进
破靴子。

我的处境，同样糟糕。
也许更甚。

胜利如此之近
胜利依然遥远。

当她站在我的镜子前
那么年轻，比我认识的
任何女人都要美

我望着她：
一缕一缕梳理着她的红头发。

而当她上床
她比任何时候都要美
性事完美至极。

十一个月。

现在，她走了。
就像她们一样走了。

这一次，我完蛋了。

这是漫长的回路
但是，回到哪里？

走在我前面的家伙
摔倒了。

我跨过他。

她也干过他吗？

我错了

我伸手从衣柜顶层
取出一条蓝色内裤
拿到她面前
问，"是你的吗？"

她看了看说，
"不，是狗的。"

她走了，后来我再也
没见到她。她不在她那儿。
我去过好几次，把便条
插在门缝里。再去，便条
还在。我从车镜上
拽下马耳他形十字架，用鞋带
绑在门把手上，并留下
一本诗集。

第二天晚上又去，一切
还是原样。

我一直在街上寻找
她开的电量不足的
血色战舰，门上的合叶
也坏了，耷拉着。

我开车在大街上转悠
差点落泪，
惭愧，伤感
也许是爱。

一个糊涂的老人雨中开车
想知道好运
哪儿去了。

四

在你心中
以往的
流行歌曲

穿连裤袜的女孩

穿连裤袜的女生

坐在公共汽车站的长椅上

涂着紫红色的口红

在下午一点，看上去很疲倦。

太阳很晒

在学校的一天

很乏味，回家

很乏味，而我

开着我的车

直勾勾盯着她们暖暖的腿。

她们的眼睛看着

别处——

她们已经警告过

无情而好色的老

畜生；她们只是不想

那样失身。

可是，坐在长椅上

等待或常年在家等待
很乏味，她们带的书
很乏味，她们
吃的东西很乏味，甚至
无情、好色的老畜生
很乏味。

穿连裤袜的女孩在等待
她们等待适当的时机或
瞬间，然后她们起来
然后她们征服。

我开着车转悠
高兴地偷看着
她们的腿。我绝不会
成为她们的天堂或地狱的
一部分。但是那鲜艳的
口红在那些丧气等待的
嘴上！要是能美美
亲亲这一张张嘴多好啊
然后送她们回家。
可公共汽车会
先送她们回家。

在你黄色的河流上

一个女人对一个男人说

他下飞机的时候

我死了。

一家杂志报道说

我真的死了

其他人也说

他们听说

我死了，然后有人

写了一篇文章

说我们的兰波我们的维庸

死了。与此同时，一个

老酒友发表了

一个声明，说我

不再写作。真是

叛徒。他们等不到

我死，尽是

放屁。嗯，我正在听
柴可夫斯基的
《第一钢琴协奏曲》
播音员说马勒的
第五、第十交响曲
灵感来自
阿姆斯特丹
很多酒瓶在
地板上，我手上
香烟的灰
落满我的短裤
和肚子，我已经
叫我所有的女朋友
都去地狱，甚至
这是一首
比那些掘墓者
写得要好的诗。

艺术家们:

她给我写了好多年信。
"我在厨房喝酒。
外面下着雨。孩子们
上学去了。"

她是一个普通公民
担心她的灵魂,她的打字机
还有她的
地下诗歌的名气。

她写得诚实动人
但没多久,有些人
断送了她的前程。

她会在凌晨两点喝醉了给我打电话。
或者三点。

那时她的丈夫睡着了。

"很高兴听到你的声音，"她
说。

"我也很高兴听到你的声音，"我
说。

怎么回事，你
知道。

她终于来了。我想，加利福尼亚州的
查普诗社有事
要做了。
他们要选举成员。她从他们的酒店
打电话给我。

"我在这里，"她说，"他们要选举
成员。"

"好，很好，"我说，"拿些好诗去。"

我挂了。

电话又响了。
“喂，你不想见我吗？”

“当然，”我说，“地址是？”

等她说完再见，我用我的
袜子手淫
喝了半瓶葡萄酒
就开车出来了。

他们都喝醉了，见谁
都想操。

我开车和她回到我的住处。

她穿着丝带状的
粉色内裤。

我们喝啤酒
抽烟，聊着

埃兹拉·庞德，然后
睡了。

想不起来
我到底有没有送她
去机场。

她依然写信
我恶狠狠地回答
每个问题
希望她别再
烦我。

有一天，她也许足够幸运
像埃里卡·琼一样

出名。（她的脸不怎样
但身材还行）
我想，
天哪，我都做了些什么？
我搞砸了。
也可以说

没搞砸。

我也有她的信箱号码
我最好告诉她
我的第二部小说九月
出版。
应该让她的乳头保持坚挺
当我想着她有可能成为
弗朗辛·杜·普莱西克斯·格雷。

我的内裤上也有屎渍

我听见他们在外边：
"他总是这么晚还
打字？"
"不，这很不寻常。"
"他不该这么晚还
打字。"
"他几乎天天如此。"
"他喝酒吗？"
"我想喝呢。"
"昨天我见他穿着内裤
去信箱取信。"
"我也看见了。"
"他没什么朋友。"
"他老了。"
"他不该这么晚还打字。"

他们往近走，下起

雨来，当

三声枪响穿过半个街区

那么远

一栋洛杉矶市中心的

摩天大楼开始

燃烧

二十五英尺的火焰舔着

死亡。

霍利离开小镇

这家伙
有一种疯狂的眼神
他皮肤棕色
棕黑色，是被阳光
好莱坞西区的阳光
赛道上的阳光
晒的。他看见我说，
"嘿，霍利离开小镇
一周了。他碍手
碍脚。这下
我的机会来了。"

他咧嘴笑着，他的意思是：
霍利不在镇上
他要向
好莱坞山的那座城堡

走去；

还有舞女

六只德国牧羊犬

一座吊桥

十年的

好酒。

妓院老板山姆

走了过来，我告诉他

我一天在赛马场上

得花一百五十美元。

"我整天盯着

赌金揭示板，"我对他说。

"我需要一个姑娘，"他对我说，

"一个不出门的

不用基督教的道德胡说

拴住男人的

姑娘。"

"霍利离开小镇了，"

我对山姆说。

"去哪儿了?"
他问。
"东部,"一个
站在一边的老人说。
他左眼戴着
白色的眼罩
上面有透气的
小孔。

"离开的都去了布兰德,"
棕黑色皮肤的家伙说。

我们都站在那儿
看着对方。
然后
一个无声的信号
使我们转身
走开
每一个
朝着不同的方向:
东西南北。

我们知道些。

一首刻薄的诗

他们一个劲儿写

大便一样的诗

年轻人和大学教授

还有他们上班时

整个下午喝葡萄酒的妻子

他们一个劲儿写

在同一本杂志上用同一个名字

每个人写得越来越差

出了诗集

拉出更多的诗

这就像一场比赛

一场比赛

但奖品从来看不见。

他们不会写短篇小说和文章

或长篇小说

他们只是一个劲儿写

大便一样的诗

每个人的声音越来越像别人

越来越不像自己

一些年轻人烦了，退出

但教授们从不放弃

他们整个下午喝葡萄酒的妻子

永不放弃

新的年轻人到了新的杂志社工作

他们和一些女诗人、男诗人

通信

胡搞

所有的事情都显得夸张、乏味。

当灵感重新回来

他们又开始敲打

并将作品发给别的杂志

他们举办朗诵会

所有的朗诵会

大都免费

他们希望人们终于知道

终于给他们掌声

终于祝贺，认识到他们的

才华

他们都相信自己的才能

只有一点点怀疑

他们大多住在北滩①或纽约，

他们的脸就像他们的诗：

那么像

他们互相认识

见面，讨厌，钦佩，接纳，抛弃

不断拉出更多的诗

更多更多的诗

还要多的诗

一场笨蛋的码字比赛：

哒哒哒，哒哒，哒哒哒，哒哒……

---

① 北滩(North Beach)：旧金山东北部的一个街区，毗邻唐人街和渔人码头。
也是旧金山主要的红灯区和夜生活区域。

蜜 蜂

和别的男孩一样，我也以为
我有一个最好的朋友。
他叫尤金，比我
大一岁。
尤金收拾我不在话下。
我们老打架。
我一直想联系他，但
没有成功。

有一次，为了证明有种
我们从车库顶上跳下
我扭伤了脚踝，他帮我擦洗
像包装新鲜的黄油。

我想他只有这一次对我好
当蜜蜂蛰了我的光脚

我坐下来，拔出毒刺
他说，
"我会收拾这些王八蛋！"

他真用
网球拍
和橡胶锤去打。

没关系
他们说，反正
它们死了。

我的脚肿大了两倍
我躺在床上
祈求死亡

尤金后来成了
上将、司令
或者在美国海军里够大

他打过一两次仗
毫发无损。

我想，他现在是个老人了

坐在摇椅上

嘴里是假牙

手上端着杯酪乳……

喝醉时

我在床上用手指弄这个

十九岁的老粉丝。

但最糟的是

（就像从车库顶上跳下）

尤金又赢了

因为他根本

没想我。

绝 妙

歌唱的鱼头来了
拖拖拉拉烤熟的土豆来了

无所事事的一整天来了
又一个不眠之夜来了

折磨人的走调的电话来了

弹五弦琴的一只白蚁来了
眼神空洞的一个旗杆来了
穿尼龙袜的一只猫一只狗来了

哒哒哒的一挺机关枪来了
锅里煮沸的肉来了
说着乏味无聊事情的一个声音来了

包满扁平的褐色嘴巴的红色小鸟的
一张报纸来了

带着一个手电筒、一枚手榴弹、
死灰般的爱情的
一个屁来了

提着一桶鲜血的
一个胜利来了
被浆果丛绊倒

床单全挂出窗户

轰炸机冲向东西南北
迷路了
就像往下扔沙拉

海里所有的鱼排成
一行

长长的一行
又长又细的一行

你所能想象的最长的一行

我们迷路了
走过紫色的山丘

我们迷路了
最终赤裸得像刀子

已经说了
不吐不快，就像一个意想不到的橄榄籽

服务台的小姐
在电话那头尖叫：
"不要打过来了！听着就像个混蛋！"

啊……

喝着德国啤酒

想构思

不朽的诗篇，在

下午五点。

但是，啊，我已对新手

说过，任何事

不值一试。

当女人

不在身边，赛马

没有跑

还能干什么？

我有过两次

性幻想

出去吃午饭

寄了三封信
去过杂货店。
没看电视。
电话安静。
我用牙线
清理了牙齿。

天不会下雨，我听见
上了一天班的人
开车回来，把车停在
隔壁公寓
后面。

坐着，喝着德国啤酒
想构思
一首牛逼的诗
但不打算写出来。
我只是想继续喝
更多更多的德国啤酒
还捻着烟
在晚上十一点。
我会在凌乱的床上

扯开身子

脸朝上

在电灯下

睡去

依然等待着

不朽的诗篇。

坐在公共汽车站长椅上的女孩

黄昏时分，我在左车道上

西行时看见她

她坐着

翘着腿

看着一本平装书。

她是意大利人或印度人

或希腊人

红灯时我停下

忽而，一阵风

掀起她的裙子

我从对面直接

看进去：

如此完美无瑕的双腿

我从未见过。

说真的，我很害羞

但我直勾勾地盯着

直到我后面车里的人冲我
按喇叭。

从前，这样的事根本
没发生过。
我绕过街区
把车停在超市
停车场
在我深色玻璃的车里
从对面
盯着她
就像小学生第一次那样
兴奋。

我记住了她的鞋
她的衣服
她的丝袜
她的脸。

汽车过来，挡住了我的
视线。
然后我又看见她了。

风掀起她的裙子
亮出了她的大腿。

一辆丑陋的白色公共汽车
载着她走了。

我从停车场倒车出来
想着，我是一个窥视狂
但至少我没有
暴露自己。

我是一个窥视狂
但为什么他们也这样？
为什么他们看起来这样？
为什么他们让风
这样？

回到家
我脱了衣服洗澡
出来
擦干
打开电视

看新闻
关了新闻
写下
这首诗。

当我回到我的住处

我经常返身拔掉

电话，裹进抹布

要是有人敲门

我不会搭理，如果他们坚持

我会用脏话使其

消失。

只是又一个长着金色翅膀的

老怪物

松弛、洁白的腹部

而且

眼睛想摧毁

太阳。

一对可爱的夫妻

我得拉屎
但我进了
一家小店
想配把钥匙。
一个穿花格
衣服的女人，闻起来
像麝鼠。
"拉尔夫，"她喊
她丈夫，一个穿花衬衣、
六码鞋子的老家伙
走出来
"这人
想配把钥匙，"她说。
他开始磨钥匙
好像存心不给
配。

空气中

有晃动的影子

和尿骚味。

我沿着玻璃柜台

看

用手指着叫她，

"对，我就要

这个。"

她递给

我：一把淡紫色的

弹簧刀

样子。

含税 6.5 美元。

成本

实际上

没有。

我接过找回的零钱

走出来

到大街上。

有时，你需要

这样的人。

你曾见过的最奇异的景象——

在德隆普雷，我有个房间

白天，我经常一坐

几小时

望着前面的

窗口。

有很多女孩

会从这里

摇曳而过；

这对我度过下午有好处

在啤酒和香烟之外

多了种享受。

一天，我看到另外

一些东西。

第一次听到这声音。

"快点，推啊!"一个男的说。

就见一根长木板

大约两英尺宽

八英尺长；

中间和末端钉在

旱冰鞋上。

男的前面拉

两条长长的绳索连着木板

女的后面

扶，推。

他们全部的家当都绑在

木板上：

锅碗，瓢盆，被褥，等等

全用绳子绑住

捆死；

滑轮发出刺耳的声响。

他是白人，脾气暴躁，一个

南方人——

瘦小，垂头丧气，他的裤子

都要溜到

屁股了——

他的脸被太阳和劣质的葡萄酒

搞坏了；
她是黑人
大步流星地
推着
她蛮漂亮：
头巾
绿耳环
黄衣服
一直从脖子
打扮到
脚面。
一脸的
无动于衷。

"别担心!"他大喊，回头
看她，"有人会
租给我们房子的!"

她没有回答。

然后他们走了。
虽然我还能听到

滑轮声。

我想，他们
会成功。

我敢肯定
一定行。

邻里的谋杀

蟑螂吐出

回形针

直升机盘旋又盘旋

发现血

探照灯把媚眼抛进我们的

卧室

这个院子五个家伙有手枪

还有一个

有砍刀

我们都是杀人犯、

臭酒鬼

但街道对面的旅馆

更糟糕

他们坐在绿色、白色的门口

平庸、腐朽

等着被制度化

这里，家家窗户上都有一株
小小的绿色植物
当我们在凌晨三点和女人吵架
我们
轻声细语
每个门廊上放的
一小碟吃的
总在清晨被吃光
我们猜
是
猫。

一等兵

几天前，他们从街上带走了

我男人

他穿着洛杉矶公羊队运动衫

袖子

被扯掉了

后来

穿的是军队衫

一等兵

他戴着绿色的贝雷帽

走路挺直

他穿黑褐色的大短裤

头发染成金色

他从不打扰任何人

他偷走了几个婴儿

咯咯笑着跑了

然后又平安无事地

送回去
他睡在爱之店
后面
女孩让他睡的。
同情总在陌生的地方
被发现。

一天，我没见到他
又是一天。
我四处打听。

我的税又要
涨了。政府应该
给他房住
给他饭吃。警察把他
带进来。这
很不好。

爱是地狱冥犬

奶酪的脚
咖啡壶的灵魂
讨厌台球杆的手
眼睛像回形针
我更喜欢红葡萄酒
我在飞机上无聊
我在地震中温顺
我在游行时呕吐
我在下棋、做爱和
关心中牺牲
我在教堂闻到尿
我可以不再阅读
我可以不再睡觉

眼睛像回形针
我的绿色的眼睛

我更喜欢白葡萄酒

我的保险套盒子越来越

旧

我带着它们出去

特罗詹保险套

更润滑

更敏感

我用了其中三个

我的卧室墙壁是蓝色的

琳达你去了哪里？

凯瑟琳你去了哪里？

（尼娜去了英国）

我有指甲剪

和玻璃清洁剂

绿色的眼睛

蓝色的卧室

明亮的机关枪太阳

整件事就像一只海豹

困于油岩

在下午三点三十六分

被长滩乐队围绕

我身后有滴答声

但不是闹钟

我感觉有什么沿着

我的鼻子左侧爬行：

来自机舱的回忆

我的母亲有假牙

我的父亲有假牙

每个星期六他们干的就是

把他们房间所有的地毯掀起

给硬木地板打蜡

然后再把地毯铺上

而尼娜在英国

艾琳要出发

我移开我绿色的眼睛

躺进蓝色的卧室里。

追星族

上周六我在圣克鲁斯外面的
红树林朗诵
一大半都完了
这时就听一声长长的尖叫
一个相当妩媚的
少女朝我跑过来
长外套，迷人的眼睛如火
她跳上舞台
大喊："我要你！
我要你！带我走！带我
走！"
我对她说，"嗯，你给我
滚远点儿。"
但她依然拉扯我的
衣服，朝我
扑来。

我问她，"当我一天靠

一枚糖果活着

把短篇小说发给

《大西洋月刊》时

你在哪儿？"

她抓住我的蛋，几乎要

扯掉了。她的吻

味道如屎溺。

两个女人跳上舞台

把她拉进

树林。

当我又开始朗诵

依然能听见她的尖叫。

也许，我想，我应当

在众目睽睽之下

将她带到舞台上。

但谁也不能肯定

这是好诗还是

吃错药。

现在，如果你教创作，他问，你会对他们 说什么？

我会告诉他们，要有一段不快的

恋情，痔疮，坏牙

喝劣质的葡萄酒

避开歌剧、高尔夫和国际象棋

把床头顺墙

挪来挪去

然后再告诉他们

还得有一段不快的恋情

从不使用丝绸打印机的

色带

避免家庭野餐

或在玫瑰花园里

被拍到；

只读一次海明威

忽略福克纳

无视果戈理

盯着格特鲁德·斯泰因的照片

在床上边吃利兹饼干

边读舍伍德·安德森

实现人们一直

谈论的性解放

比你所做的更可怕。

当你在黑暗中捻着

野牛达勒姆牌香烟

听听收音机里 E·帕罗·贝格尔

的管风琴作品

在一个陌生的小镇

有一天当你放弃了

朋友、亲人、工作之后

不再交房租

从不在意你的上级或

公平

从不尝试。

又有一段不快的恋情。

看夏日窗帘上的一只苍蝇。

从不想成功。

不打台球。

想生气就生气，当你发现

轮胎蔫了。

服用维生素，但不举重不跑步。

做到这一切之后

反向继续如上步骤。

要有一段美好的恋情。

而你能学到的

东西是：

没人知道任何东西——

国家，老鼠

花园水管或北极星。

如果你能赶上我

教我一堂创作课

请把这些念给我

我会给你一个优

直到困境

全无。

美好生活

七八个人

住一间屋

凑房租。

这里有台从未用过的收音机

一套从未打过的

鼓

窗户上

蒙着毯子

而你抽烟

蟑螂

被你衬衫上的扣子

绊了

摔倒。

天黑了，有人被派出去

找吃的。吃完

睡觉。大家
哪儿都睡:地板,茶几
沙发,床,浴缸。甚至有个睡进
外面的灌木丛。

然后,有人醒了
说,"来吧,我们
卷烟抽!"

又有几个醒来,
"行。好啊。没问题。"

"好。来吧,有人
卷了两支。我们
继续!"

"好! 我们继续!"

我们抽了些大麻烟卷儿,完了
又睡。

除了换着睡的:

浴缸，沙发，茶几，
地毯，床，地板，又有一个
睡进外面的
灌木<u>丛</u>，就这还不算
帕蒂·赫斯特，和
不想理艾伦的
蒂姆。

希腊人

住在前院的那家伙
不会讲英语，他是希腊人
有点呆头呆脑
相貌相当丑。

刚才，我的房东画了张画，
不是很好。

他拿给希腊人看。

希腊人去买了
纸，画笔和颜料。

希腊人开始在前院
画画。他把画在外边
晾干。

希腊人从未画过画——

他画的是：

一把蓝色吉他

一条街道

一匹马。

他干得不错

在他四十多岁的年纪干得

不错。

他找到了

乐趣。

他乐此

不疲。

这时我想，他会不会

画得很好？

我要不要继续

瞧瞧？

荣誉，女人，女人

女人，女人，最后是

衰老。

我几乎闻到吸血鬼在啃
左臂。

你看，
我已经把他定型了。

同志们

这个教书
那个和他母亲一起生活。
那个由他红脸的、斤斤计较的
酒鬼父亲
养活。
这个很快得手，已被同一个女人
养了十四年。
那个每十天写一篇小说
但至少付房租。
这个四处浪荡
睡在沙发上，喝酒，
吹牛。
这个用一台复印机
印他的书。
那个住在好莱坞酒店
一个废弃的浴室。

这个看似知道怎样不断获取资助
他的生活就是填表。
这个简直富有，敲门时才知道
他住在最豪华的地方。
那个和威廉·卡洛斯·威廉斯
吃过早饭。
这个教书。
那个教书。
这个拿出教科书，用冷酷、专横的
口吻说怎么做。

他们到处都有。
个个都是作家。
是作家又是诗人。
诗人诗人诗人　诗人诗人诗人
诗人诗人诗人　诗人诗人诗人

第二次电话响
会是个诗人。
第二次来敲门
会是个诗人。
这个教书

那个和他母亲一起生活。

那个正在写关于埃兹拉·庞德的

小说。

哦，兄弟们，我们真是最恶心

最低贱的种。

灵 魂

哦，他们多么担心我的

灵魂啊！

我收到来信

我接到电话……

"你没事吧?"

他们问。

"我没事，"我告诉他们。

"我见过那么多都白费力气，"

他们对我说。

"不用担心我，"我说。

然而，他们让我紧张。

我走进去冲个澡

出来，挤了鼻子上一个

粉刺。

我又走进厨房，做了

意大利香肠和火腿三明治。
我过去靠糖果活着。
现在，我有德国进口的芥末
做我的三明治。我吃那东西可能
危险。

电话始终响，信始终
来。

如果你和老鼠住在一个衣柜里
吃着干面包
他们会喜欢你。
你立马是个
天才。

或者，如果你在疯人院，或
醉汉监禁室
他们说你是个天才。

或者，如果你喝醉了，大爆
粗口
将你生活的勇气呕吐在

地板上
你也是个天才。

但是，按月支付
房租
穿上一双新袜子
去看牙医
和一个健康干净的妞儿而不是
和一个妓女做爱
那你就丧失了
灵魂。

我没太多兴趣过问
他们的灵魂。
我想我
该问问。

习惯的改变

雪莉来到镇上，瘸着条断腿

遇见那个抽细长雪茄的

墨西哥裔美国人

他们在灯塔街

五楼

找了个房子住在一起；

那条腿不是

太碍事

他们一起看电视

雪莉煮饭，干什么都

拄着拐杖；

这儿有只猫，叫妖怪，

他们有一些朋友

聊到体育比赛和理查德·尼克松

到底是怎么

成功的。

工作了几个月，

雪莉几乎得到了解脱，

而那个墨西哥裔美国人，曼努埃尔，

在比特摩尔找到一份工作，

雪莉将曼努埃尔掉了的扣子

全钉上去，缝补他的

袜子，然后

有一天，当曼努埃尔回来，发现

她走了——

没有理由，没有留话，反正

走了，带走了她所有的衣服

所有的东西

曼努埃尔坐在窗前向外看

没去上班

一天

两天

三天，他

没打电话请辞，他

失去了工作，收到了一张

停车罚单，抽了

四百六十支香烟，因

普通的醉酒而被捕，保

释，上

法庭，承认

有罪。

当房租上涨，他从

灯塔街搬走了，他

离开了那只猫，去和

他哥哥住

他们天天晚上

喝醉

聊到生活

是多么的

糟糕。

曼努埃尔不再抽

细长的雪茄

因为雪莉过去总说

他抽烟时看起来

不知有

多帅。

钱钱钱

我一直手头
紧张。
我在这个地方工作
每个发薪日
前三天
大家都在公司食堂
吃热狗
和薯片。
我想吃牛排
我甚至去看经理的
食堂
要他提供
牛排。他拒绝了。

我忘了发薪日。
我有很多旷工

发薪日这天会来，大家都会
谈论
它。
"发薪日？"我说，"天啊，真是
发薪日？我都忘了要领我那
一点脸面……"

"别废话，伙计……"

"不，不，我的意思是……"

我跳起来去领工资单
果不其然，有一张
支票，我回来把它给
他们看。"耶稣基督，我把这些都
忘了……"

不知为什么，他们会
生气。这时发薪的职员会走来

走去。我已有了两张
支票。"耶稣，"我说，"两张支票啊。"

而他们
铁青着脸。
他们中有人做
两份工作。

最糟糕的一天
雨下得很大
我没有雨衣，所以
穿了一件好几个月没穿的
破大衣
我来晚了点儿
他们正在工作。
我看到大衣里有几根
香烟
在侧面的口袋里还
发现一张五美元的钞票：
"嘿，看看，"我说，"我刚刚发现了五美元
我不知道我有，真
好玩。"

"喂，伙计，别胡说
八道！"

"不，不，我是认真的，真的，我记得
在酒吧喝醉时
我就穿
这件。我总是太有钱了
我有这种恐惧……我把钱从钱包里
取出，浑身上下
藏起来。"

"坐下，开始
工作。"

我把手伸进另一侧的口袋：
"嘿，看看，一张二十美元！天啊
二十美元，我几乎不知道！

哦！我
发财了！"

"真不识趣，婊子
养的……"

"嘿，天啊，又是一张

二十美元！太多了，实在
太多了……我知道，那晚我
没将钱花光。我想我又
有钱了……"

我一直在大衣里
翻。"嘿！还有一张十美元
和一张五美元！天啊……"

"听着，最好坐下
闭上你的臭嘴……"

"天啊，我很有钱……我几乎不需要
这份工作……"

"伙计，坐下……"

我坐下来，又发现了一张十美元
但是我什么也
没说。
我能感到一阵阵的怨恨
而我觉得困惑

他们以为我

存心这样

就为让他们

感觉不爽。我没这么

想。大家要在发薪日前三天

吃热狗

和薯片

已够

不爽。

我坐下

俯身

开始

工作。

外面

还在下

雨。

脑袋差点笑进三明治的夹缝里

我的女儿

最让人开心。

我们在圣莫尼卡

在车上吃着带来的

零食。

我说:"嘿,小东西,

我的生活已经

好了,太好了。"

她看着我。

我将头低在

方向盘上,

发抖,之后

一脚踹开门,

假装

呕吐。

我站起身。

她笑起来

一口咬进了

三明治。

我捏起四根

薯条

塞进嘴里

嚼。

这是下午五点三十分。

车来车往

经过我们。

我偷看了一眼：

我们已经得到了

想要的幸运：

她的眼睛

和剩下的一天一样

明亮，她

咧嘴笑着。

死亡和午休

我的一个朋友总担心死

他住在弗里斯科
我住在洛杉矶

他去健身房
用铁家伙锻炼，打
大沙包。

年老削弱着他。

他不能喝酒，因为
肝脏问题。

他可以做
五十个俯卧撑。

他写信

给我

告诉我

我是唯一一个

听他说话的人。

那当然，哈尔，我在一张明信片上

回答他。

但是，我可不想支付

那么多健身房的费用。

我去睡觉

吃了一根香肠和

洋葱三明治，在

下午一点。

在我吃过、打盹

之后

直升机

和秃鹫

在我下垂的床垫上方

盘旋。

性 感

沿着威尔顿大道开车

一个十五岁的女孩

穿着蓝色紧身牛仔裤

像是有两只手抓住她的屁股

她在我车前疾走

我停下让她过马路

当我看清她妖娆的身姿

仿佛她直接透过我的挡风玻璃

用蓝色的眼睛

看着我

然后从嘴里

吹出

一个大大的像粉红色地球一样的

泡泡糖

我真没见过

那时我正听着汽车收音机里的

贝多芬
她进了一家小杂货店
不见了
只剩下我和路德维希·凡·
贝多芬。

孪生兄弟

"嘿，"我的朋友说，"我想让你见见
贱鬼哈利，他让我想起了你。"
我说，"好啊。"我们就去了
那个廉价的酒店。
几个老头闲坐在大厅
看电视
当我们走上楼梯
到了 209 房间，看见贱鬼
坐在一张直背的藤椅上
脚下是酒瓶
墙上是去年的挂历。
"坐吧你们，"他说，
"这就是问题：
人对人很残忍。"
我们看他慢慢捻着
一支博德拉姆香烟。

"我长着十七英寸的脖子，我会杀了
和我搞的人。"
他舔了一下烟
吐在地毯上。
"这里就像家。感觉自由。"

"你觉得怎么样，贱鬼?"我的朋友
问。

"糟透了。我爱上了一个妓女，
三四周没见她了。"

"你想她现在干什么呢，贱鬼?"

"嗯，现在，现在我想说
她正在吸哪个男人的火鸡脖。"

他拿起酒瓶
猛灌。

"你看，"我的朋友对贱鬼说，
"我们得走了。"

"好吧，时代和潮流，它们不
等人……"

他看着我：
"你说你叫什么？"

"萨罗姆斯基。"

"很高兴见到查，孩子。"

"我也是。"

我们走下楼梯
那些老头还在大厅
看电视。

"你觉得他怎么样？"
我的朋友问。

"妈的，"我说，"他
真行。真的。"

女孩们

在北加州
他站在讲台上
已经朗诵了很长时间
他读的是关于自然
和人的善良的
诗。

他知道，一切都
好好的，你不能责怪他：
他是教授，从未
蹲过监狱，进过妓院
从未在塞车时
堵死；
从未在疯狂至极的夜晚
喝过
三瓶以上酒；

从未捻过烟、挨过打、
遭过劫，
从未被狗咬过。
他收到加里·施耐德
漂亮的来信，他的脸
很亲切，没特点
很温顺。
他的妻子从未背叛他
也算走运。

他说，"我打算再读
三首诗，然后
下台，请
布考斯基朗诵。"

"哦不，威廉，"穿着
粉色、蓝色、白色、
橙色、淡紫色衣服的
女孩都说，"哦不，威廉，
多读几首，多读
几首！"

他又读了一首，然后说，

"这是我读的

最后一首了。"

"哦不，威廉，"透过外衣看去

穿着红色、绿色

内衣的女孩都说，"哦不，威廉。"

穿着蓝色紧身

牛仔裤、上面缝着小心脏的她们都说，

"哦不，威廉，"女们都说

"多读几首，多读几首!"

但他说到做到。

他读了那首诗，下台

走了。当我站起来读

女孩们在她们的座位上

乱动，有的嘘声

有的议论我：

这人后来哪天才派上用场呢。

两三个星期过去

我收到威廉一封信

他说他真的喜欢我的朗诵。

一位真正的绅士。

我穿着短裤躺在床上

醉了三天了。信封不见了

但我拿起信，叠了一个

纸飞机，跟我

在小学学的一样。

它在房间里飞

最后落在

一张旧的赛马消息报

和粘着屎渍的短裤之间。

我们再没写过信。

风雨无阻

动物园的秃鹫

（一共三只）

静静地坐在

树上的笼子里

向下

地面上

是大块的腐肉。

秃鹫们吃饱了。

我们纳税人的钱将它们

喂得很好。

我们走近下一个

笼子。

里面，一个男人

正坐在地上

吃着

自己的屎。

我认出他来

是我们以前的邮递员

他的口头禅

是：

"有个好天气。"

那样的日子我有过。

冷 李

在床上吃着冷李

她对我说，那个德国佬

几乎拥有街区的一切

除了一家定做衣服的绸布店

他想买下这个

绸布店

但女店主们说，不行。

在帕萨迪纳，那个德国佬有

最好的杂货店，他的肉卖得贵

根本不值这价

但蔬菜和农产品

都很便宜，而且

他还卖花。人们从

帕萨迪纳附近过来

去他的店

但他还是想买下那个定做衣服的绸布店

女店主们还是说，不行。

一天晚上，是谁看见说，有人

从绸布店的后门跑出来

那里起火了

几乎一切都烧了——

她们库存极大

想挽救一些

进行甩卖

但这没用

她们不得不出手，最终

那个德国佬占有了绸布店

但它只是闲置在那儿

那个德国佬的妻子想赚一把

她想卖小篮子，卖东西

但也不行。

我们吃完了李子。

"这是个伤心的故事，"我对她说。

女孩们开车回家

女孩们开车回家
我坐在窗前
观看。

穿红裙子的女孩
开着一辆白色小轿车
穿蓝裙子的女孩
开着一辆蓝色小轿车
穿粉裙子的女孩
开着一辆红色小轿车

当穿红裙子的女孩
从白色小轿车里出来
我看着她的腿

当穿蓝裙子的女孩

_322

从蓝色小轿车里出来
我看着她的腿

当穿粉裙子的女孩
从红色小轿车里出来
我看着她的腿

从白色小轿车里出来
穿红裙子的女孩
她的腿最美

从红色小轿车里出来
穿粉裙子的女孩
她的腿还行

但我牢记的是从蓝色小轿车里出来
穿蓝裙子的女孩

我几乎看见她的内裤

你不知道我有多兴奋
生活可以这样刺激
在下午五点三十五分。

一次野餐

那次让我想起
我和简同居七年了
她是个酒鬼
我爱她

我的父母讨厌她
我讨厌我的父母
这组成了一个漂亮的
双打

一天，我们一起去
山上
野餐
我们打牌，喝啤酒
吃土豆沙拉和火腿

终于
他们和她聊天，就好像她是个人

大家笑了
我没笑。

后来，在我住处
隔着一瓶威士忌
我对她说：
我不喜欢他们
但他们对你好
这就好。

真是个傻瓜，她说
你没看见吗？

看见什么？

他们一直瞄着我的啤酒肚
以为我
有了。

哦，我说，为我们的漂亮宝贝儿
干杯!

为我们的漂亮宝贝干杯
她说。

我们一饮而尽。

便 盆

我一直在医院
你见过墙上的十字架
下面稀疏的棕榈叶子
泛黄变暗

这是不可避免的信号

但真正的痛
是你屁股下的
便盆
你快死了
你应该坐在这个
让人受不了的东西上
小便
大便

而你旁边

床上

一个五口之家

为绝症患者带来了欢乐

心脏问题

癌症问题

或一般的腐烂。

便盆是无情的岩石

可怕的嘲笑

因为没人愿意扶你衰弱的身体

去茅厕或回来。

你得撑着

可他们已经去了酒吧：

你在你的摇篮里

你小小的死亡的婴儿床上

而当护士一个半小时后

回来

便盆里什么也没有

她冷冷地看了

你一眼

仿佛死到临头

一个人应当

一遍遍去做

稀松平常的事。

但如果你认为这样很糟糕

那就放松

随便

全部拉在

被单里

然后你便会听见

不仅护士在拉

还有其他

所有的病人在拉⋯⋯

死，最难的是

他们希望你

死去

像火箭飞上

夜空。

有时也可以。

但当你需要子弹和枪

你会抬头

发现

电线在你头顶

连接到开关

之前

已被切断

剪断

没用

了

像便盆

一样

没用。

好输家

红脸

得克萨斯州人

上了年纪

在洛杉矶的

一个赛马场

他正对一群人

说话。

这是第四场比赛

他打算

离开：

"好吧，再见，

上帝保佑，

明天

见……"

"好人。"

"是啊。"

他要去
停车场
钻进他那辆
开了十二年的车

从那儿，他将开车
去他租住的地方

他的房间，既没
厕所，也不能
洗澡

一扇
破纸糊的窗
外边是
摇摇欲坠的水泥墙
上面
墨西哥裔青年帮派的
喷雾器涂鸦

他会脱掉
鞋
上床

天黑了
但他
不开灯

没什么
要做。

一门艺术

一路从墨西哥
直接从赛场飞来
14:13
击倒对手。
他名列第三
而在一场热身赛中
他被一名未进入排名
两年未参赛的黑人
击倒。

一路从墨西哥
直接从赛场飞来
酒和女人
属于他。
复赛中他又被击倒
停赛半年。

一直这样
因为酒瓶和两种
性病。

一年后他回来
发誓说他清白，他
吸取了教训。
他打了场平局，他的组
得了第九名。

他回来复赛
比赛在第三轮
终止，因为他
不会保护
自己。

而他一路飞回
墨西哥
直接去赛场。

这就像一位他娘的好诗人
像我

对付酒和女人

避开性病。

至于失败

像他

而我保持我的排名

在前十：

一路从德国

直接从工厂

从啤酒瓶

和电话铃声中

飞来。

绿色饭店的姑娘们

比电影明星

更漂亮

她们在草坪上

休息

晒着日光浴

坐着的一个，穿着

短裙，高跟

鞋，翘着腿

露出不可思议的

大腿

头上

一条丝巾

抽着一支

细长的香烟。

交通拥挤

几乎堵塞。

她们才不管
交通。
她们在下午
半醒半睡
她们是没有灵魂的
妓女
她们富有魔力
因为没有什么
让她们撒谎。

我坐在车里
等着道路
通畅，
好穿过街道
去绿色饭店
找我最喜欢的姑娘：

她
在离马路牙子
最近的草坪上
晒着日光浴。

"喂，"我说。

她转动着

人工钻石般的眼睛

抬头看我。

脸上

毫无表情。

我将我最新的

诗集

丢出

车窗

正落在

她身边。

我

减挡，

开走。

今晚

会有一些

开心。

开心来电

我接到太多的
电话。
他们想把动物
找出来。
他们不应该。

我从来没给
克努特·汉姆生或
厄尼或塞琳
打电话。

我从来没给塞林格
打电话
我从来没给聂鲁达
打电话。

今晚，我接到
一个电话：

"喂，你是
查尔斯·布考斯基?"

"是啊。"

"哦，我有了一个
房子。"

"是吗?"

"一个妓院。"

"我明白了。"

"我看过你的
书。在索萨利托

我曾有一艘
游艇。"

"好啊。"

"我想给你
我的电话。你
常来旧金山
我会请你喝一杯。"

"好啊。给我
号码。"

我记了下来。

"我们正在搞一个阶级联合,我们
组织了律师,州参议员
上层阶级的市民,歹徒
皮条客,像这样的。"

"起床以后,我会
给你打电话。"

"很多女孩
看过你的书,她们

喜欢你。"

"是吗?"

"是啊。"

我们互相说再见。

我很开心接到这
电话。

拉屎的工夫

喝得半醉

我离开她那儿

离开温暖的毛毯

喝得难受

我甚至不知道这儿是

什么小镇。

我沿街走着

却找不到车。

但我知道它在哪儿。

然后我

迷路了。

我转来转去。这是

星期三的早晨，可以看见

大海向南流去。

都是因为喝酒：

我的屎都要

涌出来了。
我朝大海
走去。
迎面一个棕色砖头
结构的房子
在海边。
我走进去。只见
一个老家伙蹲在一个桶上
哼哼唧唧。
"嗨，哥们儿，"他说。
"嗨，"我说。
"外面真是地狱。
不是吗?"那个老家伙
问我。
"是啊，"我回答。
"要不要喝一杯?"
"中午前我从不喝。"
"现在几点?"
"十一点五十八分。"
"那我们一起蹲两分钟。"

我擦屁股，冲水，提起
裤子走出来。

那老头还蹲在桶上
哼哼唧唧。
他指了指他脚下的
一瓶酒
几乎喝完了
我捡起来喝了
剩下的一半。
我递给他一张皱巴巴的
钱
走出来在草地上
呕吐。
我看着大海，大海
真美啊，满是蓝色、
绿色的海水和鲨鱼。
我走回到出来的地方
沿着街道走
决心找到我的车。
一小时十五分过去
终于找到了
我上车，开走
假装知道得
和蹲在我旁边的那家伙
一样多。

疯 狂

我没有用拳头砸墙
我只是坐着
可拳头不停
擂着。

在我咆哮的身后，院子里的那个女人
每晚哭泣。
有时县城的那个人来
带走她一两天。

我相信她失去了
伟大的爱情
直到有一天，她走过来告诉我——
她已经失去了八套公寓
全让那个把她骗出公寓的舞男
骗走了。

她嚎哭的是她的财产。

她边说边哭

唇上抹着不新鲜的口红

满嘴大蒜和洋葱的气味

她吻了我，对我说：

"汉克，如果你没有钱，没有人会爱你。"

她老了，几乎像我一样老。

她离开时还在哭泣。

上午七点三十分，两个黑人

服务员抬着担架来了

只有他们敲我的门。

"来吧，伙计，"高个子的那个

说。

"等等，"我说，"搞错了吧。"

我醉得厉害

穿着扯破的睡衣站着

头发遮住了眼睛。

"这是他们给的地址，伙计，
这不是 5 号楼 2 单元 5437 房间吗?"

"是啊。"

"来吧，伙计，别废话了。"

"你们找的老太太在后面房间。"

他们转了一圈回来了。

"这个门吗?"

"不，不，这是我的后门。上去看看
就在你们
身后。那扇门朝东，可以看到
邮箱耷拉着。"

他们上去，砰砰敲门。我看见他们
带她

走了。他们没用担架。她走在
他们中间。
我想，他们还是
搞错了
但我不能肯定。

五十六岁一首诗

我和两位女士
去威尼斯市
买古董家具。
我把车停在店后面
和她们进去。
一个钟表一百二十五美元，六把椅子七百美元。
我停下来看。

女士们转来转去
瞧瞧这看看那。
女士们有地位。
我和其中一位挥手再见
走了出去。

这是周日，酒吧
不是很好，

人人都显得年轻，神经

长着金发，面色苍白。

我喝完，又在酒馆

买了四瓶啤酒

坐在我的车里喝着。

刚喝完第四瓶

两位女士出来了。

他们问我还好吧。

我告诉她们，每一次经历

都意味着什么

是她们将我从一贯阴暗的

洪流中

拉了回来。

我最熟悉的那位女士一百美元

买了一张大理石面的桌子。

她有自己的生意，她是一个

文明人。

她文明得足以知道，有一辆面包车的

一位邻居

当我坐在她的房间
1974 年，喝着泽勒·施瓦茨·卡茨
她们出去买了那张桌子。

后来，她想知道我怎么看
那张桌子，我说，我觉得很好，
有时在赛马场我还输
一百美元呢。我们躺在床上看电视，后来
那晚我没有回来。我想是这样
因为我想起了那张大理石桌子。
肯定是。在我住的地方从来没什么
大理石桌子，从来没什么
麻烦的性事。有时会有，但
很少。
我完全不懂
古董生意。

我敢肯定，这一个巨大的
骗局。

美丽的少女走过墓地

红灯亮时我停下车
正看见她走过墓地——

当她走过铁栅栏
我从铁栅栏望过去
看到墓碑
绿草坪。

她的身体在铁栅栏前移动
墓碑不动。

我想，
别人没看到她吗？

我想，
她看到这些墓碑了吗？

如果她没看到
那她就拥有我所不及的智慧
但她似乎并不在意。

她的身体在自身的魔液中
移动
她的长发在下午三点的阳光下
生辉。

绿灯亮时
她穿过街道向西
我也开车向西。

我开车驶向大海
出来
来来回回跑步
在海边跑了三十五分钟

人来人往
都长着眼睛，耳朵，脚丫
种种部位。

似乎没有人在意。

啤 酒

我不知道喝了多少啤酒

已经喝光，当我等着事情

好转

我不知道喝了多少红酒、威士忌

和啤酒

主要是啤酒

已经喝光，在

我和女人们断绝关系之后——

等着电话响

等着脚步声

等着电话响

等着脚步声

电话始终未响

直到过了很久

脚步声始终没有出现

直到过了很久

几乎要把胃从嘴里

吐出来

她们来了，像春天的花朵一般招展：

"你到底想干什么？

至少要躺三天你才有力气上我！"

母的有耐性

她比公的在这儿多住了

七年半，她喝一点啤酒

因为她知道，这影响身材。

我们都要疯了

她们却出去

和霍尼牛仔队

胡蹦乱叫。

好吧，还有啤酒袋

装满空瓶子的啤酒袋

当你捡起一个

那酒瓶从湿了的纸袋底部

掉下来

滚动

叮当响

淌出黯淡的湿渣和

走味的啤酒

或者，袋子在凌晨四点掉地

在清晨

响起你生命中唯一的声音。

啤酒

啤酒的河流与海洋

收音机播着情歌

你的电话沉默

墙壁直来

直去

这里只有啤酒。

艺术家

一不小心，我成了画家。
从加尔维斯顿来的一个女孩
五十美元买我一幅画，上面
一个男人手握一根糖果棒，当它
浮现在黑暗的天空。

比起一个黑胡子的年轻人
顺道来访
我卖给他三幅画，八十美元。
他喜欢粗犷的东西
画面上，我写下一长溜
"吹牛逼"，或者"伟大的艺术是
狗屎，还不如买煎饼卷儿。"

我可以五分钟画一幅画。
我用丙烯画笔，画右半边，将颜料

直接从管子喷出。
我先用左手画画的
左半部分，然后
用右手完成
右半部分。

现在，那个黑胡子的小伙
和他一个头发竖起的朋友
又回来，还带着一位年轻的
金发女郎。

黑胡子依然是个蠢货：
我卖给他一坨屎——
一只橘黄色的狗，旁边
写着："狗"。

头发竖起的那位，想买三幅画
我开价七十美元。
可他没那么多钱。

我继续画，就因他
答应送给我一个

叫朱迪的女孩

穿着吊袜带、高跟鞋。

他已经向她提过我：

"一位世界知名的作家，"他说

可她说，"哦，谁信！"

随即将裙子

从头顶扯下。

"我想要她，"我告诉他。

于是我们讨价还价

我想先做

再出价。

"先出价，再做

怎么样？"他问。

"这不行，"我

说。

后来，我们达成一致：

朱迪来

之后呢

我会交给她

三幅画。

所以就等于：

回到物物交换

这是打败通货膨胀的

唯一手段。

尽管如此，

我还是想

开始男性的解放运动：

我想让一个女人，在我和她

做爱之后，给我她的

三幅画

如果她不会画画

她可以留给我

一对金耳环

或者，一个人能留下的

记忆中的

一片耳朵。

我的老爸

十六岁

正是大萧条时期

我喝醉了想回家

可我所有的衣服——

短裤，衬衫，袜子——

手提箱和短篇小说的

手稿

全被抛在

门外街道边的

草坪上。

我妈妈，在

一棵树后面等我：

"亨利，亨利，别

进去……他会

杀了你，他读了

你的小说……"

"我可以用鞭子抽他
屁股……"

"亨利，你还是带上
这个……乖乖
待在房间里。"

但这让他担心：
我可能
读不完高中
所以我情愿再
回来。

一天晚上，他走进来
拿着我的一部
短篇小说的手稿
（我从未给他
看过）
他说，"这是
一篇了不起的小说。"

我说，"好吧。"

他递给我

我读了。

这个故事

写一个富人

他和他老婆

吵架

晚上走出去

喝咖啡

看到

女服务员，汤匙

叉子

盐和胡椒瓶

还有窗口的

霓虹灯

之后他回到

马厩

看着、用手摸着

他最喜欢的马

而它

踢他的头

杀了他。

不知怎的
这个故事始终
在讲他
尽管
我写的时候
没有主意
不知道自己
写的什么。

所以，我对他说，
"好吧，老爸，它
归你了。"

他拿着它
带上门
出去了。
我想我们
如此亲近
仿佛不曾有过。

害怕

他走近我的大众汽车：

当我停下

来回

倒车；

他叼着根雪茄

咧嘴笑着。

"嘿，汉克，我看

最近好多女人

在你家附近……漂亮的

货色，你干得

不错。"

"山姆，"我说，"不是

这样；我是上帝身边

最孤独的男人了。"

"我们搞到几个漂亮姑娘
在按摩院，你该去
试试。"

"我害怕那种地方，
山姆，那种地方我不敢进去。"

"那我送你个姑娘，
绝对正点的。"

"山姆，不要送我妓女，
我总是会爱上
妓女。"

"好吧，伙计，"他说，
"你要是改变了主意
就告诉我。"

我看着他走了。
有些人总是
很嗨。
而我却永远

混乱。

他可以将一个人
劈成两半
却不知道谁是
莫扎特。

总之
谁愿
在一个星期三的
雨夜
听音乐？

小老虎无处不在

妓院的主人山姆

鞋子吧嗒吧嗒

在院儿里

走来走去

发出吱吱的声音和猫

说话。

三百一十磅的身体，

一个杀手

他和猫说话。

他看着姑娘们在客厅

按摩，没有女友

没有汽车

不喝酒也不喝饮料

最大的嗜好

是叼着一支雪茄

蹲着喂附近的

猫。

一些猫

怀孕了

很快，越来越多的猫

也怀孕了

每次我打开门

都会有一两只猫

走进来，有时，我会

忘了它们还在

它们在床底下拉屎

晚上我听到叫声

会给弄醒

我起来，握着刀

蹑手蹑脚走进厨房

发现妓院主人山姆

的一只猫

在水槽上转悠，或者

卧在冰箱上。

山姆在拐角处

忙活他的爱之店

而他的姑娘们

站在阳光下，站在门口

交通信号灯

变红变绿，变红变绿

山姆的猫们

掌握着意义

如同变换的白天和夜晚。

朗诵结束

"⋯⋯我看到在打字机前
那么难受的人
如果他们想拉屎
打字机会将他们的肠子
从屁眼儿里打出来。"

"啊哈哈哈哈哈哈!"

"⋯⋯铆足了劲儿写作,真是
丢人现眼的工作。"

"啊哈哈哈哈哈哈!"

"雄心和天赋,一点儿关系
都没有。最好是运气
才能总是屁颠儿屁颠儿

跟在运气身后。”

“啊哈哈。”

他站起来，和一个十八岁的妞儿要走

那是学校里

最靓的。

我合上笔记本

起身，屁颠儿屁颠儿

跟在他们

身后。

关于鹤

有时候，当你用力
正好踢到自己的屁股

你总希望自己是一只鹤
单腿站在

蓝色的水中

但是，成长
的
经历
告诉你：

你不想成为
一只鹤

单腿站在

蓝色的水中

痛苦还不够
多

而且

成功
一瘸一拐

一只鹤
换不来一片屁股

或者

在蒙特利的中午
倒挂

这些都是
人类所能做的

一些事情

除了
单腿站立

一块金色怀表

我的祖父是一个高大的德国人

他的呼吸有种奇怪的气味。

他站得笔直

在他的小房子前

而他的妻子恨他

他的孩子们觉得他古怪。

六岁时我和他第一次见面

他送我他所有的战功勋章。

第二次我见到他

他给了我一块金色怀表。

它很重，我把它带回家

上得很紧

可它停止了走动

这让我感到非常难过。

我再也没有见过他

我的父母从不说起他

我的祖母也是

很久以前

她便不再和他一起生活。

有一次我问到他

他们告诉我

他喝酒很凶

但我最喜欢的是

他站得笔直

在他的房子前

说，"喂，亨利，你

和我，我们已经

认识了。"

海滩之旅

强壮的男子
肌肉男
他们在沙滩上
坐下
皮肤黝黑
敦实
分散，动也
不动

他们坐着，当
波浪冲来又
冲去

他们坐着，当
股市
让男人和家庭

时好时坏

他们坐着
一记老拳
就可以让他们的
火鸡脖
变回黑色，干瘪
如火柴棍

他们坐着，当
演员休息室中有人自杀
腾出了空间

他们坐着，当
从前的美洲小姐
布满皱纹在镜子前
哭泣

他们坐着

他们坐着
生活之流比猿猴还少

我的女人停下来
看着他们：
"哦哦哦哦，"她
说。

我和我的女人
走过去，当波浪
冲来又冲去。

"他们有
毛病，"她说，"怎么
回事？"

"他们的爱只冲着
一个方向。"

海鸥飞旋
海水冲来又冲去

我们丢下他们
走开
真是浪费

时间

此刻

海鸥

大海

沙滩。

写给一个擦皮鞋的人的一首诗

平衡是蜗牛在圣莫尼卡的

悬崖上攀爬

运气是沿着西大街走

按摩院里的姑娘

冲你喊:"喂,宝贝儿!"

奇迹是五个女人同时和你

恋爱而你五十五岁,

美德是你只能

爱其中一个。

礼物是你有一个比你温柔的

女儿,她的笑声比你

更美。

平静来自驾着一辆

六七年的蓝色大众穿过街道仿佛

青春年少,收音机调到"最爱你的

主持人",感受阳光,感受重新安装的

发动机结实的嗡嗡声

当你像针一样穿行。

恩典是可以喜欢摇滚乐，

交响乐，爵士乐……

任何包含原始力量的

欢乐。

而有可能，返回

是闷闷不乐、消沉的

你自己，当你直直地坐在

断头台一样的车厢里

冲着电话里的声音怒吼

或任何人的脚步穿过；

但是另一种可能——

轻快悠扬的音乐始终伴随——

让超市里收银台前的

姑娘看起来像

玛丽莲

像以前他们找到的她的哈佛情人杰基

像我们都会尾随回家的

高中女生。

还有就是，这会让你相信
其他东西，除了死亡：
有人开着汽车在
过于狭窄的街道上靠近，
他或她开到一边让你
过，或者老战士比尤·杰克
擦着皮鞋
在把全部的家当都丢给了
聚会
女人
和寄生虫之后
哼着歌，呼吸着皮革的气味
用破布工作
仰起脸来说：
"反正，已经有段
日子了。这比什么
都好。"

我有时觉得苦
但经常感觉到
甜。我最怕说出的
就是这个。这就像

你的女人说，

"对我说你爱我。"而你

难开口。

如果你见我在我的蓝色大众里

咧嘴笑

打出一道黄光

将车开向了太阳

证明我被困于

疯狂生活的

股掌

想着空中飞人

想着一个抽雪茄的侏儒

想着四〇年代初俄罗斯的一个冬天

想着包里裹着波兰泥土的肖邦

想着一个老服务员，额外端给我

一杯咖啡，像平常那样

笑着。

最棒的你

我喜欢的比你想象的还要多。

别人算得了什么
要不是他们有头有手
一些有眼睛
大多数有腿
所有的他们
好的坏的梦
还有很长的路要走。

公正无处不在，始终进行
机关枪和青蛙
还有树篱会告诉你
真是这样。